花開くとき

キャロル・モーティマー
安引まゆみ 訳

AFTER THE LOVING

by Carole Mortimer

Published by Harlequin Japan,
a Division of K.K. HarperCollins Japan, 2024

キャロル・モーティマー

ハーレクイン・シリーズでもっとも愛され、人気のある作家の一人。14 歳の頃からロマンス小説に傾倒し、アン・メイザーに感銘を受けて作家になることを決意。コンピューター関連の仕事の合間に小説を書くようになり、1978 年に見事デビューを果たす。以来、数多くの作品を生み続け、2015 年にはアメリカロマンス作家協会から、その功績を称える功労賞を授与された。エリザベス女王からも目覚ましい活躍を認められている。

◆主要登場人物

ブリナ・フェアチャイルド……モデル斡旋業経営。元モデル。
ラファティ・ギャラハ…………実業家。愛称ラフ。
コートネイ・スティーヴンズ……ラフの親友。愛称コート。
ローズマリー・チャター………ラフのガールフレンド。
スチュアート・ヒリア…………ラフのアシスタント。
ジョシー…………………………ラフの前妻。
ポール……………………………ラフの息子。
ケイト……………………………ラフの娘。

1

「おめでとう、ブリナ」フランク・ステイプルトンは明るく笑いかけた。「わたしの見立てでは、ちょうど妊娠九週間だね」

　診察が終わってブラウスのボタンをとめていたブリナの指先が、こまかく震えはじめた。妊娠ですって？　八年前にロンドンに出てきてからかかりつけのドクターの予約を取ったときには、そんな可能性があろうとは、夢にも思わなかったのに。妊娠ですって？　わたしが妊娠するはずがないわ！

「最初の処方としてはふつうのヴィタミン剤を出しておこう。妊娠の初期段階では用心しなくちゃいけないことくらい、きみならわかってるね——良質の食事と適度な運動が何より大切だよ。きみは……」

「たしかでしょうか？」こわばった口調で口をはさみ、ドクターが眉をひそめたのを見て、ブリナはあわてて言い添える。「つまり、あの……百パーセント確実でなければ誰にも話したくないと前から考えていたものですから」

わずかでも診断に確信がもてないと言ってほしがってるような表情や口調ではなかったはずだけれど。ほかのときならこのニュースに大喜びするところだが、いまだけは妊娠するわけにはいかないわ。

「安心なさい、ブリナ。疑問のかけらもないよ。わたしから妊娠を告げられると、じつに大勢の女性が同じ質問をするんでびっくりするよ。ここに来る前から、自分でもかなり確信をもっていたくせにね」

最後のことばは妊婦をなだめる口調だったが、ブリナは妊娠など夢にも思っていなかった――先週受けた検査の結果が、体の不調の原因を妊娠と判定することになろうとは。精神的な緊張で体調が狂うことがあるのは専門家なら皆認めているし、このところ、いやというほど緊張が続いているのはまちがいなかったから。

「できるだけ早くいい産科医に診てもらいなさい。なんなら、わたしが紹介しよう……」

「急ぎませんでしょ?」

茫然(ぼうぜん)としたままのブリナには、とてもそんなことまで考えられなかった。

「あんまりほったらかしてはおけないよ、ブリナ」ドクターは微笑をうかべてデスクの端に腰かける。「きみと赤ん坊には、これから七カ月、最高の配慮が必要なんだからね」

妊娠だなんて、とても現実とは思えない。いま、そんなことになるはずがないもの!

ブリナはボタンを全部かけ終わったとたんにバッグをつかんで帰ろうとし、ドクターがびっくりして眉をあげたのを見て赤くなると、あわてて笑顔をつくった。

「ここにいらっしゃるほかの女性たちとはちがって、わたし、ちょっぴり……驚いているのは認めますわ。理由はおわかりですわね」

「もちろん、わかってるさ」ドクターはブリナの手を軽くたたく。「すこしでもショックがおさまったら、すぐ電話をくれたまえ。そのことで話しあおう。いまのきみはこれだけ知っていればいい――きみの健康状態は良好だし、きっと申しぶんなく正常な妊娠になるはずだってね」

この数週間というもの、ブリナの生活にはノーマルなことなど何ひとつなかったし、妊娠は事態をいっそう悪くするばかりだ。

「ありがとうございます。わたし、ぼうっとしてしまって……あの……今日中にお電話します」

震える声で言い添え、バッグを握りしめる。ドクターは温かい微笑をうかべてうなずいた。

「このすばらしいニュースを、誰かに伝えたくてうずうずしているんだね」

〝誰か〟とは子供の父親を指していることくらいはわかった。でも、その誰かこそが問題なのに。

「ええ」ブリナは固い微笑をうかべる。「ありがとうございました。それじゃ……」

「わたしに礼はいらないよ、ブリナ。わたしはこの奇跡になんのかかわりもない。きみと、赤ちゃんのお父さんのふたりだけが、この奇跡を起こしたんだからね」

待合室を通り抜け、駐車場を横切り、自分の車に乗りこんでハンドルに頭をのせても、震えはとまらなかった。妊娠だなんて！　何年も前にはこの日を、自分の子供が胎内に宿ったと告げられる日を夢見ていたものなのに。そのあと両親から秘密を打ちあけられ、思春期に受けた緊急手術のせいでおそらく自分の子供はもてないだろうと知り、ひどい打撃を受けたのだった。

ブリナは何日も泣き暮らし、何週間も自分にふりかかった運命を呪い、何カ月も自分を責め、それでも愛される資格があると必死に自分を説得しようとしたものだ。そして豊かな人生を送れると自分に言い聞かせながらモデルの仕事を何年も続け、かなり自信をつけた矢先だった。それなのに、いまになって、自分にふさわしい幸福を垣間見たいまになって、妊娠したことがわかるなんて。しかも、ラフの子供を。

ラフ――ふたりのあいだに小さな生命が芽生えたなんて絶対に言えない相手だ。ブリナはおなかの上に、いとしげにそっと手を置いた。わたしの子供がいる！

ああ、どんなに子供がほしかったか。

でも赤ちゃんを産めば、ラフを失ってしまう。

どっちみち、ラフを失いかけてはいるんだけれど。

思わずうかんだ台詞だったが、ラフを失いかけていることは、いくら否定しようとしても真実であるのに変わりはなかった。日ごとにラフはすこしずつ遠ざかっていき、ふたりのあいだは終わったと彼が宣言するときがくるのも時間の問題だろう。まだそう言わないだけでも驚きだった——それでなくても、ラフのいつもの情事よりはるかに長続きしているのだから。

ブリナはいまだに、自分がロンドン金融街に大きな力をふるっているラフ・ギャラハの愛人であるという事実になじめなかった。会った瞬間にラフが無視できない権力者だと見抜いたものの、わずか数日のうちにそのひとの愛人になってしまったなんて！

あのひとはわたしのおなかにいる子供なんかほしがらない、それだけはまちがいないわ。最初から、それまで十年間につきあった女性たち以上の扱いはしないとはっきりさせていたんだもの。与えるのは情熱と思いやりだけ。そしていまは、そのどちらももう感じていないという現実があるだけだ。

何ひとつ拘束しない関係だと明言している男性に対して、どうして言えるだろう——何よりも大きな束縛をつくったことを。おたがいの欲望から生まれた生命が育ちつつあるなんて。

あらためてブリナは、ラフには話せないと確認する。ということは、ラフといっしょにすごすのもあと数週間ということになる。そのころにはほっそりした体に変化が目立ちはじめるはずだから。

ラフが数日中に終止符を打つと覚悟していながら、なぜ数週間後のことを気にするの？　別れは今日にもやってくるかもしれないのに。

「それじゃ、この話、パパにしてくれるわね？」

ブリナはまばたきをして、レストランで向かい側に座っている美しい娘を見つめた。病院を出たあと、昼食どころではなかったけれど、ケイトと約束をしていたのでレストランまで車を走らせたのだった。

どのように運転してきたのかさえ思いだせない。ともかく、ケイトがつややかな黒髪をカールし、グレイの瞳をきらめかせて五分前にさっそうと入ってきたときには、ブリナはすでに席についていた。

決意にきらめくケイトのまなざしは、ガードを固めて彼女のことばに注意を払ったほうがいいとブリナに警告していた。この若い娘は、その気になれば、ひとを罠にかけるほどの魅力を発散できるのだから。

ケイトの目がこんなふうにきらめくときに注意を怠ると、ひどい目に遭うわ。父親そっくりで、ひとたび狙いを定めると、どんなふうにでもひとを操れるんだもの。ブリナは身構えながら促した。

「話をするって、何を？」

「今日はどうかしてるんじゃないの、ブリナ？」いらだちがダークグレイの瞳にきらめく。

「あなた、わたしがここに来てから話したことを、ひとことも聞いていなかったのね！」

父親の特徴をまたひとつ見せるケイトに、ブリナは苦笑していた――自分にかかわりのあることに一瞬たりとも注意を怠る相手には我慢できないのだから。父親の場合は性格の強さの一部だけれど、十八歳の娘の場合には、ただの短気としかうつらない。

「ごめんなさい。わたし……午前中、とても忙しかったものだから」

「ふうん」ケイトはとがめるようにブリナを見つめる。「あのね、来学期からブレンダといっしょにアパートメントを借りるって話、あなたからもパパを説得してほしいの」

「その話なら、あなたはもうお父さまと話しあって、お父さまはノーとおっしゃったと思ってたけど」

ブリナはほっとして、そっけなく答える。その件なら、父娘（おやこ）の会話はすべて知っていたし、結論も当然だと思っていたので。

「絶対に議論の余地がないって感じのノーじゃなかったわ。あなたが、いい考えだと思うとパパに言ってくれれば、パパだってもっと……心を開いてくれるかもしれないでしょ」

それがいい考えかどうか、ブリナには確信がもてなかった。たしかに十八年間も家族とともに暮らした家を出たいというケイトの気持は理解できるけれど、ケイトが自分の家をもつところまで成長しているかどうかよくわからない。とりわけ、いっしょに暮らす相手がブレンダ・サンダースとなると、問題だった。

　ケイトは大学に入学したばかりの先学期に、ブレンダと友達になった。しかしブレンダは、ブリナに会うたびに、いつもちがうボーイフレンドを連れていた。ケイトがいっしょに住みたいというので、一度はアパートメントを訪ねてみたけれど、散らかし放題で、眠たげな目をした素っ裸の青年がブレンダの寝室から姿を見せるしまつだった。

　そういう生きかたもブレンダの自由と言えるかもしれない。が、うわべはどんなに世慣れて見えても、ケイトはまだ無垢な娘だった。

「賛成だろうとなかろうと、わたしの意見がほんのわずかでもお父さまの考えを左右できるとは思わないわね」

「あら、でもあなたなら……まさか」ケイトははっと思いあたったらしく口ごもる。「あなた、パパとの情事が終わろうとしているって言うつもりじゃないでしょう?」

　残酷なくらいぶしつけであろうとなかろうと、率直さこそ、ギャラハ家の子供たちのどちらにもそなわっている美点であった。二十歳のポールにも妹のケイトにも。ラフがごく若いころの結婚でもうけたふたりの子供に紹介されたとき、ブリナはまずそのことに気づいたものだ。

　子供たちは、なぜブリナと父親はいっしょに暮らして公然と情事にふけらないのかとたずね、ふたりとも事態を受け入れられるだけの大人だと請けあったりしたのだから。

子供たちはそれでよくても、ブリナもラフもそこまで親密な関係を求めていたわけではない。ブリナは自分の家をもって自立しているのが気に入ってるし、ラフのほうはかかわりのある女性たちとそこまで親密になったことは一度もなかったせいである。ふたりとも現状のままで幸福だった。すくなくとも、いままでのところは。

「そんなこと、とても信じられないわ」ケイトはブリナが返事をしないうちに疑いを打ち消す。「あなたとパパはもう六カ月以上も続いてるわ。すくなくとも、ほかのひとたちのときより三カ月も長いのよ」

如才のない外交手腕というものを、ギャラハ家の子供たちは授からなかったらしい。もちろんブリナは、自分とラフとのつきあいがラフのいつもの恋愛より倍も長く続いている事実を充分承知していた。同時に、ラフのいらだちが先月ごろからしだいにつのり、ふたりのあいだが終わるのも時間の問題だと承知もしている。

今日までは、いや一時間前までは、ほかの愛人たちより長く続いた一日一日をありがたいと思っていたけれど、いまはラフがすぐにも終わりにしないのなら、自分から終わらせるしかないとわかっていた。ブリナの微笑はこわばっていた。

「長引いたぶんだけ、ラフがうんざりする理由も大きいってことね」

「そんなの信じられないわ。パパがあなたといつ結婚するか、ポール兄さんと賭けてたのに！」

「ふたりとも、そんなはずがないって知ってるでしょ」

いらいらするほど父親そっくりのグレイの瞳が、探るようにブリナを見つめる。

「わたし、どういうわけか、パパがもう一度結婚に飛びこむ決心をしたら、断る女性なんかいないと思ってたわ」

「申しこまなければ、断られるはずがないでしょ」

「あなたはそんなに美しいんだもの、パパはきっと、まもなく申しこむはずよ」

美人であることがラフのプロポーズとかかわりがあるとでも思ってるの！　自分の美貌くらいよく知ってるわ。だからこそ八年前に高校を卒業すると同時に、モデルという職業を選んだんですもの。

まっすぐなプラティナ・ブロンドの長い髪と、まつげの濃い紫色の瞳がどんなに写真うつりがいいか、よく知っていたからよ。ほっそりとした肢体はもちろんだけど。

ブリナの容姿は六年間商品だったたし、まだ長いあいだ商品でありえたけれど、二年前に自分でモデル斡旋業をはじめる決心をしたのだった。そこでも美貌や容姿は大切だったが、もはや食べ物に気を遣ったり、毎朝はらはらしながら鏡をのぞきこむ必要はなくなった。モデルは小じわができたら最後、仕事を選ぶのは自分ではなくなってしまうのだから。

転職は、経済的にもひとりの人間としても大成功だったたし、代理店の仕事を通してラフと出会うことにもなった。しかし、ラフを惹きつけたのが、最初は美貌だったとしても、それだけではもちろんラフの関心を惹き続けることはできない。ラフにはブリナとつきあう前にも大勢の美女がいて、そのことはよくわかっていた。

「わたしはそうは思わないわね、ケイト」

　できるだけ優しくブリナはその話を打ち切った。何ひとつ束縛もしないし拘束もしないとはじめに約束したし、その規則を守るつもりだった。それなのに、わたしはラフを愛さずにはいられなくて――そんな感情はふたりの関係の終わりを促すばかりだから、悟られないように気をつけはしたけれど。わたしはルールをすべて破ったが、ラフはことごとく守ったから幻想を抱く余地もなかった。

　わたしが産む子は、ケイトと同じようにラフに似るかしら？　わたしたちはふたりとも長身だから、子供もきっと背が高くなるわ。でも髪の色は、わたしはプラティナ・ブロンドでラフは黒髪だから、黒髪になるほうが強いでしょうね。自分の子供を見るたびにラフの面影を見るなんて、どんな気持かしら？

「ブリナ？　ブリナったら！」二度もぼんやりされて、ケイトはいらだたしげにくりかえす。「本当にそう思う？　だってわたしは……」

「そう思うわ。わたしも受け入れるつもりよ。さ、お昼を注文しましょうか？」ウエイターがテーブルに歩みよってきたので、ブリナはそっけなく言い添える。「いまのところはそこまでいってないわ。だから、そのときがくるまで、おたがいに楽しくつきあいましょう」

ラフとのつきあいが終われば、ブリナの人生から去っていくのはラフひとりではない。いくらポールやケイトが好きになったからといって、ふたりが父親の元愛人と友情を保てるはずもなかった。料理の注文がすむと、ケイトは眉をひそめてブリナを見やった。

「あなた、とても失恋したように見えないわね」

「わたしが悲鳴をあげたりわめいたりすれば、多少とも効果があるかしら？」

「それは……ないでしょうね。でも、あなたの気持は晴れるかもしれないわよ」

「とんでもない、晴れるものですか」

「あなたって、いつもクールでおちついているのね。パパのこと、ちっとも好きじゃないの？」

巧(たく)まない皮肉にブリナの心は重く沈んでいった。

「あなただって、心から答えてほしいわけでもないでしょう……」

「いいえ、答えてほしいわ。パパはいつもわたしに言ってるのよ、愛していると確信がもてない相手とはベッドに行こうと考えるのもいけないって。そのくせ自分は、ベッドをともにする女性たちを愛してもいないなんて」

ブリナはさりげなく前菜(アペタイザー)の手長えびをつまんだが、軽く頬紅(ほおべに)をはたいた顔が蒼白(そうはく)になるのがわかった。

「パパに言わせると、男性がけっして結婚しようと思わない女性のタイプがあるんですって」

ケイトは珍しく意地悪な言いかたをした。ブリナには何に対する非難かわかっていたので、ごくんと唾をのんだ。もっとも、ラフが自分のことを言っているのではないとわかっていたけれど——ラフはわたしのはじめての、そしてただひとりの愛人だもの。

子供をもてない体だと両親に言われてから、ブリナは官能的に体を揺さぶって男たちを惹きつけたりしないように気をつけ、体のかかわりが生まれる前にいつも身を引いてきた。もしベッドをともにしたら、自分が女として完全でないことが相手にわかってしまうと信じこんでいたせいだった。

そんなことはないとわかったときには、すでに氷のように冷たくよそよそしい女だという評判が立っていた。氷はラフに出会うまで解けなかった。ブリナが処女であるとわかってラフは驚いたにしても、それについては一度も口にしたことはない。

「お父さまのおっしゃるとおりよ」

自分のなかに生命が芽生えたことを誰かと分かちあいたい！　できるならばラフと。でも、それはとてもむりだ。それじゃ、両親とは？　両親なら、わたしに夫があろうとなかろうと、この知らせに大喜びしてくれるにちがいない。

わたしはひとりっ子だから、両親は祖父母になることをあきらめていたんだもの。電話をかけるより、この週末にスコットランドへ出かけて直接伝えたらどうかしら？　両親の喜ぶ顔は、きっと長旅をするだけの価値があるわ。

「ごめんなさい、ブリナ。パパはあなたのことを言ったんじゃないわ」相手を傷つけようとしたことに、ケイトは自己嫌悪のため息をもらす。「わたしががっかりしたの、それだけのことよ。あなたならすてきな義理の母になってくれると思っていたものだから」

ラフが妻を、ケイトとポールの母親を失ったのは、十年以上も昔のことだ。ラフの印象からすると、わずか十八歳のときに踏みきった結婚は、妻の死より何年も前から、うまくいかなくなっていたらしい。ただ、ふたりは子煩悩だったし、いきいきした結婚生活ではなかったにしても、不快な暮らしではなかったようだ。

あきらかにポールもケイトも心優しい母との思い出をもっている。それなのに、ケイトは実母のあとにブリナが父親の生活に入ることに反対ではないとわかって、ブリナは心温まる思いだった。もちろん、ひょっとしてそうなったとしたらの話で、そんなことは起こるわけがないけれど。

「ありがとう。さあ、いまはお友達として、急いで昼食をすませてちょうだい。わたし、仕事に戻らなくちゃ」

わざと冷たくあしらって傷つけてしまったケイトに、ブリナは明るい笑顔を向ける。父親とわたしのあいだがこれからもずっと幸せに続くと、ケイトに誤解させたままにしておくわけにはいかなかった。

ラフは三十九歳で、子供たちもすでに大きくなっている。だから、もうひとり子供ができて、夜中に授乳したり、歯がはえて、はいはいをして、歩いて……と、そんな生活をくりかえすことになると考えただけで、自信たっぷりで傲慢なラフ・ギャラハもパニックに陥るにきまっている。わたしだってパニックに陥ったんだもの！　わずか六カ月前、このレストランによく似た店に入っていったとき、こんなことになると誰が思っただろうか？

コートネイ・スティーヴンズと会っていたときのことだった。ふたりは、ブリナのところのモデルを六人使って、コートネイが経営しているヨーロッパやアメリカにあるファッション・ストアのチェーン店に、この冬の新しいモードをプロモートする計画を検討している最中だった。

コートネイ・スティーヴンズはあらゆる点で、ブリナが組んで仕事をしている広告代理店の女性が言ったように、魅力的だった。あれは警告だったのかもしれない。辛辣なジャネット・パーカーが男性を〝チャーミング〟と表現するときは、ほかの女性なら〝抵抗できないくらい魅惑的〟と言うはずだから。

コートネイ・スティーヴンズは――自己紹介のときコートと呼んでくれと言い張ったけ

れど——金髪の大男で、悪魔のように魅力のある深くて青い瞳の持ち主で、どんなにお堅い女性でもうっとりさせること保証つきの男性だった。

ブリナはほとんど会った瞬間に魅せられ、コートが仕事よりブリナのことに巧みに話題をもっていくものだから、そこに来た理由さえ忘れそうになっていた。とうとう笑いながら抗議したものだ。

「どんなモデルをお使いになりたいのか、決めなくちゃいけませんわ」

「そうだな、わが一族の建物を使うことになる。なんのはずみか父がケント州に荘園の館を買って、遺言でぼくに遺してくれたんだが、いままで一度も使う機会がなくてね。そこでスタッフは、ひと晩そこに泊まることになる。どうだろう、モデルのひとりは、背のすらりと高い、すみれ色の瞳をもつプラティナ・ブロンドにしては?」

コートは期待をこめてブリナを見つめた。ブリナは親密なほのめかしにも、侮辱されたと感じはしなかったが、ハスキーな声で笑った。

「わたしはもうモデルをしてませんのよ」

「今度だけ、例外を認めてくれませんか?」

大きな手がほっそりしたブリナの手を包みこむ。ブリナの瞳がきらりと光った。

「残念ですが、お断りします」

「だめですか?」まるでひどい打撃を受けたみたいにコートは見つめかえす。「それじゃ、どうでしょう、ただ参加するだけでも……」

「紹介してくれないか、コート?」

鋭いしわがれ声が割って入った。コートは腹立たしげに眉根を寄せて、その男を見あげた。

「いまはだめだよ、ラフ」

「いますぐ頼む」

相手の男はゆったりと言った。

「ブリナ、ラフ・ギャラハです。ラフ、こちらはブリナ・フェアチャイルド」不機嫌な声で紹介すると、コートははっきり断る感じで言い添える。「ぼくの友達だよ」

「はじめまして、ミス・フェアチャイルド」

そのときまでダークブルーのスーツを着ているとしか見えなかった男性が、ブリナの隣に腰をおろした。会話に割って入った男の口調が気に入らなかったせいで、ブリナはしぶしぶ男を見やり、ちらっと見たとたんに気が進まなかった理由がわかった——日食を引き起こす月を思わせる。開放的で単純なコートが太陽なら、誰も入りこませない謎めいた深みのある浅黒いラフ・ギャラハは月であった。

気のまわしすぎよ、とブリナは自分に言い聞かせる。けれども、鋭い灰色の瞳は心の底までのぞきこんで、ブリナ・フェアチャイルドのすべてを見抜いてしまった感じがあった。

ラフはハンサムとは言えなかった。顔だちはごつごつしている。それなのに、ひとに圧倒的な影響を与える力がそなわっていて、ラフ以外のすべての男性の影を薄くしてしまう。コートと同じ年ごろで、三十代の後半らしく、シニカルにゆがんだ口もとや厳しいまなざしや両のこめかみの銀髪に、年齢が刻みこまれていた。ラフを見たとたんに、コート・スティーヴンズは魅力的で楽しい、ただの顧客でしかなくなっていた。ブリナはクールにあいさつを返した。

「はじめまして、ミスター・ギャラハ」

「ラフと呼んでください。ぼくはあなたをブリナと呼ぶつもりですから」

わたしの気持などおかまいなしってわけね！　残念ながら、そう認めるしかなかった。もちろん、そのときにはその男性が何者か気づいていた。実業界の大物で、土地から工場まで、手に触れるものすべてを黄金に変える大金持（ミダース）だった。

「ラフ、消えたらどうだ？」コートがいらだたしげに促す。「ブリナとぼくはビジネスの話をしてるんだぞ。ばかだな、きみの考えてるようなビジネスの話じゃない」

ラフは信じられないと言わんばかりに、ブリナに向かって眉をあげてみせる。

「ブリナはフェアチャイルド・エイジェンシーの経営者なんだ」

「それなら、聞いたことがある」ラフはブリナのほうに向きなおった。「たったいまぼくが想像したことについては謝ります」

モデルをしていたときは、職業につきまとう誤解で侮辱されたことがあったけれど、わたしのことをまるで知らないのにそんな誤解をする男性になど、いままで一度も会ったことがないわね！　ブリナは冷たい視線をコート・スティーヴンズに向けると、ぴしゃりと言った。

「わたくし、もう行かなくては。お電話をいただければ別の機会にお目にかかって、この件を検討させていただきます」

　コートが今度の仕事に満足してくれたら代理店にはいっそう大きな仕事がまわってくる可能性まである契約から、ひょっとして歩み去ろうとしているのかもしれない。でも、ぐずぐずしていて、まるでロンドンの半分をもっているみたいに――そして、たぶんもっているだろう男に、侮辱されるままになっているつもりはなかった。

「ほら、きみのしでかしたことを見ろ！」コートが非難のまなざしをラフに向ける。「きみこそ黙って出ていってくれないか？」

　コートが追い払おうとしたやりかたにラフが怒っていないことは、ふたりがどんなに深い友情で結ばれているかという証(あかし)だった。けれども、その瞬間、ブリナはすっかり腹を立てていたので、ふたりの親密な関係など気にもしないでさっと立ちあがった。

「どうぞそのまま、ミス・フェアチャイルド」ラフはゆったりと言い、わざと形式ばって立ちあがった。「おふたりの邪魔をしたことを謝罪します。コート、明日のゴルフの試合を忘れるなよ」

「わかった。でも、きみのハンディでやるんだぞ」

「いつもそうしてるじゃないか。それでは、ミス・フェアチャイルド」

ラフはそっけなくうなずいてみせ、大股でレストランを横切り、見るからにラフを待ちうけていたふたりの男性のテーブルについた。

「いつもあいつが勝つんだからな」コートはつぶやき、ブリナに席をすすめる。「どうか座ってください、ブリナ」

ブリナはのろのろと腰をおろすと、ラフを見ないですむように、わざと椅子の位置をずらした。

「ぼくらは寄宿学校に入った最初の週に友達になったんです。あいつがクリケットの試合でぼくをアウトにしたので、ぼくは更衣室でクリケットのバットを使ってあいつを殴った。あいつの鼻が折れたものです」

ブリナはラフのわし鼻がわずかに出っぱっていることに気づいていたので、小さな笑い声をあげた。家から遠く離れたいらだちを相手にぶつけながら、クリケットのバットをはさんでにらみあっているふたりの少年の姿が心にうかぶ。

「ふしぎな出会いが強い友情を育(はぐく)んだのね、きっと」

「友情のきっかけをつくったのは、そのけんかじゃなかった。ラフが、転んで鼻を折ったとみんなに言ってくれたせいなんだよ。もしそう言ってくれなかったら、ぼくは入学したとたんに退学になるところだった」

後悔と痛みを通して生涯の友情を結んだふたりの少年。たぶんラフ・ギャラハにもそれなりにいい資質がそなわっているのだろう。ただよほど深くつきあわなければ、その資質はわからないだけで。

ブリナはコートとまじめな商談に入り、モデルを検討しているあいだ、努めてラフのほうは見ないようにした。そのくせラフが立ちあがって、レストランを出ていく前にふたりのテーブルに歩みよってくるのを、はっきり意識していた。グレイの瞳がもう一度ブリナの心をのぞきこむ。

「またお目にかかりましょう、ミス・フェアチャイルド」

ラフは体をかがめ、ブリナの手を取ると唇を押しあてた。唇は冷たく、濡れていた。

「まずぼくにチャンスをくれよ、ラフ!」

コートが不平を鳴らすと、ラフはハスキーな声でくすくす笑った。

「選ぶのはブリナさ」

圧倒するような強いまなざしでもう一度ブリナの視線をとらえると、ラフは立ち去った。

「勝負にならないな」コートはあきらめたように低くうめく。「いつだってそうなんだから」

「ご心配なく。ミスター・ギャラハはわたしなんかにこれっぽっちも興味をおもちじゃないわ」

ブリナはつんとすまして話を打ち切った。オフィスに戻ると、デスクの上にばらが一本入った箱が置いてあった。カードはついていないけれど、コートからではないと思った。コートは花を贈るほど魅力的な女性を見つけたら、カードをつけて麗々しく自分の名前をサインするタイプだから。

三十分後にばらが二本届き、さらに三十分後に三本届いた。そのあと三十分ごとに三本ずつ二回届いて、四時半にはちょうど一ダースになった。秘書兼受付係のギリは、贈り主を知りたくてうずうずしていた。

五時きっかりにひとりの男性が現れ、ブリナもギリも、贈り主だと疑いをもたなかった。ラフは礼儀正しくブリナを夕食に招待し、ブリナは昼間の敵意も忘れて、息づまる思いで招待を受けた。こんな男性に会うのははじめてだった。

いまだにブリナはラフのような男性に出会っていない。そしてラフが自分の人生から去って久しくなっても、二度とラフのような男性に出会うことはないとはっきりわかっている。

2

「ケイトから聞いたんだが、きみたち、今日は昼食をいっしょにしたんだってね」

たずねるように言って、ラフはブリナの正面に腰をおろした。ブリナは身構えてラフの視線を受けとめる。ラフを見るたびにこんなに鼓動が乱れるなんて。親しくつきあうようになって六カ月になるのに、いまだにラフを取り巻く圧倒的な力に左右される。とりわけ今夜は、黒いイヴニング・スーツにまっ白なシャツを着て、いつにもましてすてきだった。

「おっしゃるとおりよ」

ラフは口もとをゆがめて冷たい笑みをうかべる。

「ケイトはちょっぴりきみに腹を立てているらしい」

ケイトとはすこしばかりぎこちなくレストランの前で別れたけれど、六歳年下の彼女は父親が恋に落ちなかったのはブリナが悪いと言いたいようだった。

「ケイトは来学期にブレンダのところに引っ越す件を、わたしからあなたに話してほしかったのよ」

「で、きみはなんと言ったんだ？」

「どう答えたと思って？」

「きみはぼくに賛成だと思ってるよ。あの若いレイディはケイトのために選びたいルームメートとは言えないからね」

たしかにラフは、自分が望んだことはかならずそうするひとだだと、ブリナはこの何カ月かのあいだに気づいていた。何よりわたしがいい例だわ。いままでは熱心に言いよる大勢の男性を凍りつかせることもできたのに、ラフに対しては出会ってから数日のうちに愛人になってしまった。しかもわたしは、ずっと恐れていたように情事には向いていないどころか、完璧な思いを味わったなんて。ベッドで愛しあうたびに、いつもそう。

「ブレンダのことはだめかもしれないけれど、ケイトは自分の城をもとうと決心してるんじゃないかしら。それに、もう十八歳をすぎてるし……」

「自分の子供たちにとって何がいちばんいいか、ぼくは知ってるつもりだよ、ブリナ」鋭く切りかえして、ラフはだしぬけに立ちあがった。「さて、もう出かけなくちゃ。いまなら礼儀にかなった遅刻ですむ。これ以上遅れたら行かないほうがいいくらいだよ」

遅刻したことへのあてこすりは自分に向けられたものなのに、ブリナは〝それじゃ行くのはよしましょう〟と言いたかった。今夜はラフの腕に抱かれてすごしたい。ラフに寄り添うには、どんな女性でもそうするしかないのだから。

自分がポールやケイトの行動に関心を示すと、ラフがすぱっと絶ち切ることには、ずいぶん前から慣れている。ラフの人生で自分が演じる役割はつかのまのものだと思い知らされるのも、何もはじめてではない。ブリナはおなかの子のためにパーティを欠席しようともちだす代わりに、ラフがさしだしたみごとなスウェードのオーヴァーに腕を通した。

「コートのことですもの、わたしたちが遅刻したって、気にもしないでしょうよ」

ラフが笑ってくれればいいのに。そうすれば厳しさがずいぶんやわらぐんだけど。けれどもラフはそっけなくうなずいただけだった。

「昔からコートはぼくの礼儀知らずに慣れているからな、期待を裏切るわけにはいかんよ」

ふたりの男性は似ても似つかないからこそ、こんなに長く友情を保っていられるにちがいない。ラフは厳しいのに、コートは優しい。ラフは不作法なくらいぶしつけなのに、コートはいつも親切だった。

ラフを愛しながらもひどく傷ついたときなど、ブリナはあの日、なぜコートと恋に落ちなかったのかと思うことさえあった。でも、コートとは恋に落ちなくて、その代わり友達になったのだが。

「医者はなんて言ってた?」

ブリナの微笑が消えて、ぎょっとしたまなざしでラフを見あげる。

「何かおっしゃった?」

ブリナは震える手でオーヴァーをかきあわせ、十二月初旬の身を切るような冷たい風のなかをジャガーに向かった。ふいに心が冷え、ラフがイグニションをまわして車内に温風を送りこんだくらいでは、体さえ暖まらない。

「昨日の夜きみは、検査の結果は今日わかると言ってたじゃないか。医者には会いに行ったんだろう?」

「ええ、もちろん」

ブリナは骨までこごえたように、オーヴァーの襟に顔を埋める。ふたりの親密な関係が、ことばに出さなくても体調の狂いを正確にラフに伝えてしまったと心のなかで嘆きながら。

こういうことはときどきあるのよ、と言ってみたものの、いっしょにすごした四カ月間一度もなかったことをラフは知っていた。翌月もそうなったとき、医者に診てもらうようにすすめたのもラフだった。

「貧血なんですって。それだけのことよ」ブリナは巧みに逃げを打った。「貧血すると生理が抜けるときもあるんですって。ヴィタミン剤をくださったわ」

ラフは探るようにブリナを見やる。

「たしかに顔色はよくないな」

それは妊娠を知ったショックからまだ立ちなおっていないせいだった。今週末に家に帰ると両親に電話しても、いっこうに実感はわいてこなかった。まもなく目に見える兆候が現れるにしても、いまは体もほっそりしているし、つわりのようなつらい症状も出ていない。

　ただ、気持のうえではまるでちがっていた。いままで思ってもみなかったおちつきと安らぎに満たされている。母性本能なんて、これまではただのことばでしかなかったのに、いまはどういうものかはっきりわかる——たとえ兆候はなくても、おなかのなかの生命に対する、無償の愛が芽生えていた。

「暖かくなったかい?」ラフのことばがブリナのもの思いに割りこんでくる。「今夜のきみは、ちょっぴりうわのそらだな。さっき震えていたから、もう暖かくなったのかってきいたんだよ」

「快適よ」ブリナは夢見るような微笑を向けた。「すてきな夜ね」

「今日は一日中ほとんど雨だったし、予報では今夜はみぞれになるらしいがね」

「わたし、雨は好き」

「みぞれもかい?」

　ラフ・ギャラハに、微笑したくらいでぼうっとなる愛人のようにふるまうことを期待するのはこっけいだとわかってはいても、いつも彼が自分を抑えて皮肉なだけでなければいいのにと思わずにいられない。ときにはラフといっしょにいて、心からくつろいで愛情を表せたらすてきなのに。

でも、ラフのように柔らかい感情をよろいで覆った男性にはむりな注文だし、そういう親しみへの憧れは子供をみごもったためだとも、ブリナにはわかっていた。

「みぞれはいやよ。でも、おかげで今年はホワイト・クリスマスが迎えられるかもしれないわね」

「そうなると、きみは休暇にご両親の家へは行けなくなるな」

「そうね」

今週末には家に帰るのだから、そんなことは別に気にしていないと言いたいけれど、パーティに行く途中では、その話をもちだすわけにもいかない。

「きみの計画が崩れるようなら、クリスマスはぼくらとすごせばいい。もちろん歓迎するよ」

もし二、三週間前に招待されたのなら、どんなに場ちがいな思いを味わうことになろうとも、受けたいと思ったにちがいない。が、ラフはおくびにも出さなかったし、休暇をともにすごせないことにも不快そうなそぶりさえ見せなかった。

「まあよすわ。でも、ありがとう」ブリナは軽く断る。「クリスマスは家族とすごすものでしょう?」

「うん、そういうものだろうね」

ラフのあごはこわばっていた。ラフの家からコートのアパートまで、車ならすぐだったから、ふいに冷たくなった車内の雰囲気から逃げだせることにブリナはほっとしていた。ラフが何に対して腹を立てたのか見当もつかない——控えめに言っても、ラフの招待には熱意のかけらもなかったのに。おまけに、ちょっぴり手遅れだわ。わたしが何週間も前に休暇のプランを立てたことだって知っているくせに。

「ぼくのお気に入りの到着だぞ！」ふたりがアパートに着くと、コートがすぐさま温かく迎え、ブリナの唇にそっとキスしてからオーヴァーを脱がせた。「もう来ないのかと思ったよ。遅れたのはラフのせいだな、もちろん……」

「もちろん、そうさ」

ラフが冷ややかに答える。

「ぼくがこのパーティを開いたただひとつの理由を知ってるせいだな。ブリナにダンスを申しこみ、しばらくのあいだこの腕に抱きたいからさ」コートは挑むように言う。「ブリナ、踊ろう」

「いいわ」

コートのアパートの居間はすっかり家具が取り払われ、一ダースくらいのカップルがロマンティックなラヴソングに乗って官能的に動いていた。

「今夜のきみはじつに美しい」

コートが目を細めてブリナを見おろす。瞳と同じ色に見える紫色のドレスについて、同じ台詞(せりふ)をさっきもラフが言ったけれど、なぜかコートの褒めかたのほうがおざなりでなく聞こえる。それとも今夜のブリナはラフとの関係について、あら捜しばかりしているせいだろうか？

「一種の輝きがあるな……ああ、まさかきみのプライヴァシーに立ち入ったわけじゃないだろう？」

ブリナの頬が赤くなるのを見てコートはうめいた。

「ラフとわたしはまっすぐここに来たの、誤解しないで。遅刻したのはわたしのせいよ。ラフの家に着くのが遅くなったものだから」

両親に電話したせいだった。両親はわたしの突然の帰宅を喜んでいるくせに、とても心配するものだから、時間をかけて何も心配することはないと説得しなければならなかった。

「きみが働きすぎだとラフが注意しないなんて、ぼくには考えられないな」

「注意したわ。でも、ラフは自分の仕事には口出しを許さないでしょ。わたしも同じなの」

「ラフがきみに夢中になるのも当然だな。いままでの女性たちは誰もが喜んで自分の予定を変更して、ラフの気まぐれに合わせていたんだから」

「あなたたちって、愛しあっているのか憎みあっているのか、わたし、ときどきわからなくなるわ！」

「もちろん愛してるのさ。だけど、目でひとを殺せるものなら、ぼくはもう死んでるがね！」コートはブリナの肩越しにちらっとラフを見やった。「それとも、ラフがいらいらしているのはきみのせいかな？　たぶん、やつもきみの遅刻が気に入らなかったのかもしれない」

ラフはあまり気にしているようには見えなかったけれど。コートとわたしをにらみつけているいまのようすときたら、いらだっているとしか言いようがない。まだクリスマス休暇のことで怒っているのかしら？

隣の食堂にしつらえたバーで、ラフは飲み物を片手に、口もつけないで立っていた。赤毛美人のローズマリー・チャーターがラフの気を引こうとけんめいなのに、ラフときたら気にもとめていないようだ。見たこともないほど襟ぐりの深いドレスにも、美しい顔にあからさまにうかべている誘いかけにも。ラフの視線は、音楽に合わせてゆっくり踊るコートとブリナに釘づけだった。

「いいえ、ラフが怒ってるのは、あなたに対してだと思うわ」

「まあね、たしかに今日は、ゴルフで負かしてやったから……」

「まさか！」

ブリナは信じられない思いで笑った。ふたりと知りあってからずっと、コートは一ラウンドでもラフに勝とうと必死だったから。

「本当に勝ったんだぞ。もちろん、ラフがゲームに集中できなかったらしいことは認めるがね。しかし、ぼくだって負け続けていたのが仕事上のプレッシャーのせいじゃなかったと誰に言える?」

「いま、ラフには仕事のプレッシャーはないはずだけど」

ラフは四カ月前にきわめて優秀なアシスタントを雇ったばかりだった。スチュアート・ヒリアは少々愛想がよすぎるので、ブリナ自身は好きだとは言えないが、仕事の腕はたしかだった。ラフがいままで誰にもまかせようとしなかったビジネス王国をひとりで取りしきる重圧も、かなり肩代わりしてくれている。

「仕事がうまくいっているかどうか、どうしてわかる? ラフはけっしてぼくとは仕事の話はしない。気がかりなのは仕事じゃないのかもしれないが、心にわだかまりがあったことだけはたしかだよ」

わたしのことだわ。ふたりのうちどちらかが、あるいは双方とも、情事が終わったら正直にそのことを認めようと約束していたのに、どうやらラフはその話を切りだしかねているんだわ。たぶん、よそよそしくはしていてもラフなりにわたしを心配していて、傷つけたくないのね。自分へのわたしの愛をある程度察しているせいかもしれないけれど。

わたしも近いうちに決心しなくちゃいけないわ――多少とも自分のプライドを守ってラ

フから歩み去ったものか、それともラフがきっぱりけりをつけるまで、ごく短いあいだにしろ待つとしようか。

「ねえきみ、ぼくは何か口に出しちゃまずいことを言ったのかい？」

コートが眉をひそめて心配そうにブリナを見おろす。ブリナはゆううつな気分をふり払い、明るい笑顔をつくってコートの心配を払いのけた。音楽が終わったので、ブリナはさりげなく言う。

「ラフのところに行きましょうか、このままじゃローズマリーがすっかりドレスを脱いでしまうかもしれないわ」

「ローズマリーは、ラフがきみと出会う前には、彼とベッドをともにする列のトップに並んでいたらしいからな」

そして禿鷹のように、ローズマリーはいまや輪を描いて飛びながら、わたしたちの関係が終わるのを待ちうけているんだわ。ブリナははじめから、ラフが住んでいる世界を少々どぎついくらいに支配している皮肉と意地悪とエゴイズムに気づいていた。もっともブリナ自身、トップクラスのモデルとして働いた年月のおかげで、ある程度心が固くなってはいたけれど。

それにしても、ブリナが出会った女性はほとんど例外なく、自分もラフを求めていることをあからさまに示したものだ。ただ、ラフが女性たちの誘惑にまったく興味を示さなかった事実だけが、この何カ月かブリナにとっての慰めであった。

それも、これまで。コートとブリナが歩みよると、ラフはうんざりした態度をやめてローズマリーをダンス・フロアに誘い、すぐさましなだれかかってきた体の感触を楽しんでいるようだった。

「きみがほうっておくと、ローズマリーはトラブルのもとになるだけだぞ」

コートが隣で静かに言い、眉をひそめてふたりを見守る。ブリナは感謝の微笑をうかべてコートをふりかえった。

「それじゃ、ほっとかないわ」

「そんなに簡単に片づけられるかな?」

簡単ですって? わざと誘うようにラフに体をすりよせている女の手管がいやでたまらない。でもラフが楽しんでいるかぎり、わたしに何ができよう? いくら官能的に体をくねらせていても、ただのダンスなんですもの。それくらいでひと騒動起こすほどわたしは愚かじゃないわ。そんなことをすれば、まちがいなくラフは逃げだすだけだもの。

ラフは騒ぎが嫌いだった。前にも話してくれたことがある——同居しながらも別々の道を歩き、それぞれ愛人をもとうが自由だと話しあいがつくまで、ラフの妻は何度も騒ぎを起こしたとか。ブリナは硬い笑みをうかべた。

「いいえ、簡単じゃないわ。それより、あなたがせっかく別室に用意したすてきなお夕食を食べに行かない？」

十時近かったし、ブリナは昼食をとってから何も食べていなかった。こんなことでは食事に気をつけるようにというドクターの期待に背いてしまう。

「ラフとのあいだはうまくいってるのかい？」

ブリナがぼんやりサンドウィッチをつまんでいると、コートが好奇心に満ちたまなざしを向ける。ブリナは明るすぎるほどの目で見かえした。

「女王は死せり、よ。女王さま万歳ってわけ」

わざとローズマリー・チャーターのほうを見ながら答える。感覚が麻痺して、苦々しいひびきさえなかった。

「たしかかい？」

心臓が張り裂け、いまにも涙がこぼれそう……それなのにブリナは、手にしたコールド・チキンの脚をなんとか噛み切ろうとしているのだった。

「わたしの目の前でラフがあんなふるまいをしたこと、いままでに一度でもあって？」

ラフがローズマリーの絹のような喉もとに鼻をすりつけているのを見ると、胸がむかかする。

「ちくしょう！　ぼくがふたりを引き離してやる……」

「よして」ブリナはコートの腕に手をかけて引きとめる。「わたしのオーヴァーを取ってきて、タクシーを呼んでくださらない?」

「ぼくが送ろう……」

「あなたのパーティなのよ、コート」ブリナは、もはやローズマリーといっしょのラフを見てはいられなかった。「主人役(ホスト)が客を置いてきぼりにしちゃいけないわ」

「そんなことを気にするやつがいるものか。半分はぼくがいなくなっても気がつきゃしないさ!」

「本当にひとりで帰りたいの。でも、ありがとう」

すぐここから出ていかなければ、どうしようもなくばかなまねをしでかしてしまう。コートは反論したそうにもう一度ブリナを見たけれど、訴えるようなまなざしに口を閉ざした。

ブリナは踊っているふたりから顔をそむけ、コートといっしょに玄関に向かった。コートはブリナにオーヴァーを着せかけると、前にまわってそっとブリナの肩に両手を置き、愛情のこもった口調で言う。

「もし泣くために肩が必要なら……」

「わかってるわ、あなたに電話します。あなたは……」

「どこに行くつもりだ?」

しわがれた耳ざわりな声。ブリナは一瞬、間を置いておちつきを取り戻してから、ラフをふりかえった。激しい憤りがラフの瞳の奥にきらめいているのを見て、ブリナはちょっぴり頼りなげに目をしばたたいた。

「わたし、帰るところなの……」

「きみもいっしょか？」

グレイの瞳がコートをふりむく。コートは友人の挑むような視線を、ひるまずに受けとめた。

「ぼくは送りたいんだが、ブリナがここに残るようにと言い張ってね」

「ぼくから逃げだすつもりなんだな、ブリナ？」

「わたし……」

「なんてやつだ、きみはブリナにどうしろと言うんだ？」コートの形相が変わった。「きみがローズマリーをくどいてる最中に、肩をたたいて帰ると断ればよかったのか！」

「ぼくはくどいたりするものか、くそ！」

「それじゃ、まるでくどいてるみたいにみごとな芝居をしてたわけだな！」

コートは興奮して責めたてる。グレイの瞳が冷たく揺らいだ。

「ブリナ、どうなんだ？」

ブリナは固唾(かたず)をのむ。親友同士の争いの種になるのはいやだった。

「いちばんいいと思うわ、わたしが帰るのが……」

「それじゃ、ぼくもいっしょに帰る」

「……あなたはここに残ったほうが。せっかくの夜を、ふたりとも台なしにすることはないわ。まだ宵の口ですもの、そうでしょ?」

ラフは大股に歩みよってブリナの腕をつかんだ。

「いっしょに帰ると言ってるんだ!」

「たぶんブリナは、きみといっしょに帰りたくはないんじゃないのか?」

コートが辛辣に言う。ラフは唇をきゅっと結んだ。

「ぼくといっしょに来たんだから、ぼくといっしょに帰るだけさ」

ブリナは眉根を寄せてラフを見あげる。なぜこんなことをするの? ラフにとっては申しぶんのない逃げ道だとわからないのかしら? なんだって必要以上に別れを引きのばすの? けれども、あごのこわばりを見れば、ラフがいっしょに帰ると決めているのがわかる。

「ありがとう、コート」ブリナは安心させるようにコートの腕を押さえた。「ラフが送ってくれるでしょう」

「明日、きみに電話する」

ラフがいらだたしげにコートに言い、コートは抑えた声で警告する。

「きっとだぞ。早いほどいい。でないと、こっちから電話するからな」

ジャガーの暖房機は温かい空気を送っているのに、ブリナはまだ冷え冷えとした思いだった。なぜラフはこんなことを続けるのかしら？　それとも、いまからふたりの仲は終わったと言うつもり？　とっくにわたしは気づいているのに！

ラフはブリナといっしょにアパートメントにやって来た。コートの家を出てから、ふたりともひとことも口をきいていない。ちらっと見やるたびにラフの表情は険しくて、ブリナを寄せつけなかったからだ。ブリナはドアの鍵(かぎ)を開け、ラフをふりかえる。

「お入りになっても意味ないと思うけど……」

「もちろん、入るさ、ブリナ」

くぐもった声で言い、ラフはブリナのためにドアを開け、自分も続いて入ると、うしろ手にドアを閉めた。ブリナはラフがいっしょなのでおちつかない。まるではじめてのデートみたいに、そのうえ経験のないティーンエイジャー同士のように。居間で向きあうと、両手までかすかに震えた。

「ローズマリーがあなたを待ってるでしょ……」

「誰もぼくを待ってはいない」音もなく居間を横切り、ブリナの前に立ちはだかる。「ぼくがほしいのはきみだよ、ブリナ」

「ちがうわ」信じられない思いに目をみはる。「あなた、まさか……」

「今夜はきみの炎と情熱が必要なんだよ、ブリナ」

「だって、さっきは……」

「ぼくは怒ってたんだ。でも、もう怒ってはいない。いまはただ体を重ねて、ぼくの体にからみつくきみの絹のような脚を感じたいだけさ」

ふたりの愛の行為はいつも変化に富み、あるときは荒々しく、あるときは優しかった。あるときはゆっくりと、しだいにふたりを狂気にかりたて、またあるときは荒々しく自制心を奪った。

そして今夜のラフは、おたがいの情熱にわれを忘れたいと思っているんだわ。でも、さっきみたいな出来事のあとで、ラフの望みどおりに応(こた)えられるかしら。ブリナはごくんと生唾(なまつば)をのむ。

「ラフ、わたし、できるかどうか……あの……」

「もちろん、できるとも」

ラフはブリナをぴったり抱きよせ、挑発するように体を動かす。ええ、愛しあえるわ。だって、これでお別れなんですもの。さっきラフに味わわされたような苦しみを二度と味わうのはいや。だから今夜が、ともにすごす最後の夜。そのあとで、わたしからふたりの関係は終わったと話さなくては。

「いいわ、ラフ」ブリナは両腕をラフのうなじにかけ、ぐったりと体をゆだねる。「わたしを愛して」

こんなことをラフに頼むなんて、高波に向かって立つようなものだわ。足もとをすくわれて打ちのめされるにきまっているのに。頭がぼうっとなり、ラフ以外のことは何ひとつ、考えることも感じることもできなくなるにきまっている。

めったに自制心を失わない男性なのに、居間に立ったままラフがふたりの服をほうりはじめたときには、ブリナははっと息をのんだ。いつもはゆっくりシャワーを浴び——別々のときもいっしょのときもあったけれど——いっしょにベッドに入るのに。こんな荒々しさははじめてだった。

とはいえ、ラフが今夜はいつもとちがうと感じているとしたら、ブリナも同じだった。おなかに子供がいるし、今夜がいっしょにすごす最後だと思うと、ラフに負けないくらい反応も激しくなる。

ラフはすばらしい肉体の持ち主だった。たくましくしなやかで、一グラムたりとも余計な贅肉(ぜいにく)はない。ラフは最後の衣類を脱ぎ捨てると、ブリナの髪に両手をからまし、深々とキスをする。

片方の手で胸を愛撫(あいぶ)され、ブリナは歓(よろこ)びに身もだえした。この何週間か胸がしだいに敏感になっていくのがふしぎだったけれど、いまなら出産に備えていたのだとわかる。ラフの頭が下にすべって唇に胸をふくまれると、まるで赤ちゃんに吸われているように感じる。

とはいえ、舌先の微妙な動きに続く鋭い歯の感触に、ブリナはひざから力が抜けて絨毯にくずおれてしまった。

「動かないで」

ブリナが愛撫しようとしたとたん、ラフがぶっきらぼうに命令する。そのあとに、ブリナの人生で最も官能的な、苦しいほどの経験が続いた。ラフはブリナの頭のてっぺんから足の裏までキスして、快楽のつぼを探りあてては何度も何度も底知れぬ官能の深みのふちまで導いていき、いつも彼女が解放に達する寸前に引きかえす。

ついにブリナは耐えきれなくなって、ラフに覆いかぶさると彼のリズムに合わせて体を動かし、ともに官能のふちを越えた。爆発はいままでになく大きく、一瞬ブリナは闇にのみこまれた。ラフが立ちあがり、抱きあげて寝室に運んでいくときにも、ブリナはまだぼうっとしていた。

「いまのはふたりのためだ」そっとブリナを横たえてラフがつぶやく。「こんどはきみのためだ」

先ほどの激しい攻撃からまだ回復してもいないのに、ラフはふたたびブリナを興奮させるつもりらしい。わたしを狂気にかりたてようとしているんだわ。数分ののち、身もだえして汗に濡れながら、ブリナは無慈悲にかりたてられた狂乱から解放してくれるように無言で哀願していた。ラフはたけだけしい表情でブリナに覆いかぶさる。

「それじゃ、ぼくがきみを求めていると信じるんだな?」

「ええ」ブリナはすすり泣かんばかりだった。「だから、お願い。お願いよ、ラフ」

わたしはこのひとのためにつくられたんだわ。ブリナはラフを迎え入れながら思う。ふたりは申しぶんなくぴったりと一致している。いつもそうだったけれど。

やがてブリナは何ひとつ考えられなくなり、ラフのリズムに合わせて体を弓なりにそらし、内部に熱いものを感じたとたん、同時に震えながら解放のうめき声をあげた。


翌朝、目を覚ますと、ラフはすでに浴室でシャワーを浴びてひげを剃っていた。土曜日で、飛行機が飛ぶのは昼前の予定だから、ブリナはほっとして枕に寄りかかった。

昨日の夜の激しさは恐ろしいほどだった。ラフときたら、もう一度愛しあってから、やっと眠らせてくれたほどだった。今朝は激しい愛撫のせいで体が痛い。いままでになく親密だった夜のあとで、これっきり会わないのがいちばんいいと思うと話さなければならないのは、ひどく気が進まない。

ラフは微笑をうかべて浴室から現れた。さっぱりとひげを剃り、スーツの黒いズボンだけをはいて、上半身は裸だった。ベッドの端に腰をおろし、ブリナのプラティナ・ブロンドの乱れ髪をそっとうしろにかきあげる。

「きみは一日中眠っているのかと思ったよ」

ラフのてのひらに顔を埋めてキスをふり注ぎ、どんなに愛しているか訴えながら、みごもったことを話したい。そうする代わりに、ブリナは身を引いた。

「わたし、今日、スコットランドに行くわ。週末は両親とすごすつもりよ」怒ったように陰るラフの視線に、なんとかもちこたえる。「そのあいだに、わたしたちの関係が終わったことを受け入れられると思うの」

ラフははっと息をのみ、手を脇（わき）におろすと、だしぬけに言った。

「どういう意味だ、終わったって？」

「ふたりとも、もう何週間も前から気がついていたことよ、ラフ。これ以上、自分をだますのはよしましょう」

ラフは乱暴に立ちあがる。グレイの瞳が燃えていた。

「いつ決心した？」

「いつって、だいぶ前から気づいてたことよ……」

「ぼくが言ってるのは、いつ両親を訪ねようと決めたのかってことだ」

「昨日の午後電話をして、切符の手配をしたの……」

「それじゃ、昨日の夜いっしょに出かけるときには、わかっていたんだな？」

「ええ。でも……」

「それじゃ、昨夜（ゆうべ）のことは、いったいなんだったたんだ？」

ラフの声が怒りに高まる。ブリナはごくんと唾をのんだ。

「お別れかしら？」

「別れ？」ラフの顔が荒々しく黒ずみ、ブリナの腕をつかむと力ずくで立ちあがらせる。数センチと離れないで顔をつきあわせることになった。「ぼくの目を見て、もうぼくを求めていないと言ってみろ」

プライドを守るためにも、ブリナはそうするしかなかった。ふたりの関係がもはや対等ではなくなり、ラフの気が向いたときに喜んで抱かれるただの女になりさがってしまったら、生まれてくる子供に顔を合わせられない。ブリナはしっかりとラフの視線を受けとめ、嘘をついた。

「わたし、もうあなたを求めてはいません」

「ちくしょう！」

吐き捨てるように言うと、ラフはだしぬけにブリナの腕を放し、ブリナは枕に沈みこんだ。そのまま、感覚がなくなったみたいに何ひとつ感じないで、服を着るラフを見守る。

「ちくしょう」

もう一度口走ると、ラフはばたんとドアを閉めて、アパートメントから出ていった。

3

「たしかなの、ダーリン?」母はうれし涙にむせんでいた。「お医者さまがたしかだとおっしゃるのなら……」

「わたしの診断でも、ちゃんと妊娠してるわ」

ブリナは笑いながら答える。妊娠の知らせに、両親は思ったとおり、心から喜んでくれている。やっと誰かに話せたというわけだった。

「とても信じられん!」

長身でたくましい父も、青い瞳をうるませてブリナを抱擁する。

「わかるわ」ブリナはまた笑い声をあげた。「昨日はわたしだってやっぱりショックで、信じられなかったもの。でも、今朝出かける前にドクターに確認の電話を入れたの。つまり、ドクターはわたしの病歴をご存じでしょ。でもね、妊娠する可能性はあるとパパたちも言われてるはずだって。たとえ可能性はすくなくてもよ」

「あなたはだめだろうって、かなり確信があるみたいにおっしゃってたんだけれどね

「……」

　母は考えこむように眉根を寄せた。

「わたしのドクターがおっしゃるには、あのころより医学はずっと進歩したんですって。昔なら妊娠できないと診断したかもしれないって。でも、まちがっていたというわけ。だって、そろそろ名前を考えなくちゃっておっしゃったのよ」

「まあ、ダーリン！」

　母は声をあげて泣きだした。三十分前に着いたばかりだけれど、ブリナはわくわくして、食事がすむまでこのニュースを黙っていられなかったのだ。

「もう涙はだめよ」ブリナは輝くばかりの笑顔で言った。「さあ、夕食が冷めないうちに食べましょう」

「まず、お祝いのワインだ」父はきっぱりと言い、ふとためらった。「おまえ、ワインを飲んでもいいんだろう？」

「たまに、グラス一杯くらいはね。こんなときこそ、いいんじゃないの」

　食事も半ばごろには、父はまだ生まれてもいない子供をどの学校へ入れるか、議論をはじめるしまつだった。

「本当に、ジェイムズったら」母が軽くさとす。「それはブリナとミスター・ギャラハが決めることよ」

「わたし、ラフとはもういっしょじゃないのよ」

ブリナはさらりと言った。ラフのことは何もかも両親に話していたから秘密はなかった。しかも両親は、ブリナがすでに自分自身で判断できる大人だと認めてくれているのもわかっている。

「おまえが妊娠したからってふたりが結婚しなければいけないと思いこむほど、わたしは昔気質(かたぎ)ではないがね」父は眉根を寄せる。「ミスター・ギャラハだって自分の子供に関心があるんじゃないのか?」

「わたしの子供よ、パパ……」

「まだ彼に話していないんだね。それはちょっと利己的にすぎやしないか、ブリナ?」

「ラフにはすでに子供がふたりもいるのよ。どうしてわたしの子供までほしがるの?」

「それはだな……」

「ジェイムズ、今夜は言い争いはしないで」母がきっぱりと割って入った。「ブリナは自分のしてることくらいわかっているはずですよ」

「でもね、メアリー……」

「今夜はだめよ、ジェイムズ!」

母の茶色の瞳が警告するようにきらめく。母は小柄で、父にとっては抱きしめたいほどかわいいにしても、いったんこうと決めたら、その父でさえ恐れをなすくらい激しい性格だった。母の倍近くも身長がある父が黙ってしまったので、ブリナも思わず苦笑をうかべた。

その夜は予定を立てたり、考えつくかぎりのとんでもない名前まで並べたりして、三人ともに楽しくすごした。もっともブリナは、男の子の名前のほうはひそかに決めていたのだけれど——子供の父親と祖父の名から取って、ラファティ・ジェイムズにしよう、と。でも、女の子の名前は決めかねていた。おそらくラフの息子を産むと信じきっていたせいだろう。

けれども、ブリナのために昔のまま残してある部屋に引きとると、それ以上ラフのことを心から追い払うことはできなかった。悲しみの涙が熱い頬を濡らす。ラフは今夜はローズマリーと、あるいはああいう感じの女性といっしょなのかしら？　自分のほうから情事に終止符を打った女のことなど、けろりと忘れているんでしょうね？　わたしにはラフの子供がいる。心から愛してあげるわ。ブリナは母親の思いをこめて誓った。

わたしの故郷はいつになってもスコットランドなのね、とブリナは思った。翌朝、スキー学校を経営する父とともに、雪を踏みしめてスキー・ロッジに向かう途中のことだ。指導員たちと名前を呼びあってあいさつを交わし、ロッジに入る。

歩けるようになったと同時くらいにスキーをはいたので、白いスロープをすべるスキーヤーたちを見ているとすべりたくてしかたがなかった。でも、どんなに自由に、まるで空を飛ぶような感じを味わいたくても、自分勝手に子供を危険にさらすつもりはない。

「まさか、夢にもそんなことは考えていないだろうね」

背後から冷ややかで耳ざわりな声が聞こえ、ブリナはぱっとふりかえった。とたんに、ラフの姿が焦点を結んだりぼやけたりしながら、ついには闇に包まれていった。

意識が戻ってみると、父のオフィスの革張りの長椅子に横たわっていた。目だけを動かして、窓から山脈を眺めている男性のうしろ姿を見たとたん、ブリナは苦しげに息をのんだ。

いままで見たこともないほどの軽装で、厚手の黒いセーターにデニムのズボンをはいているけれど、豊かな黒髪も力強い肩も、引きしまった腰もたくましい太腿も、見まちがうはずはなかった。

ラフは本当にここに来ていたんだわ。悩ましい想像の産物じゃなかったのね。ブリナは上体を起こす。ラフはすぐそれに気づいて、グレイの目を細めてふりかえった。

「父は？」

「指導員に仕事の割りふりをしなくちゃいけなくなってね。きみがただ失神しただけだとわかると、喜んでぼくに世話をまかせてくれたよ」

パパはもちろん、わたしが赤ちゃんのことをラフに話す願ってもないチャンスだと考えたのね！　ブリナは両脚を床におろして座りなおすと、ソファーに寄りかかった。

「自己紹介をしたの？」

「意識を失っている娘を抱いている相手に会えば、ふつうはそうするんじゃないか？」

「こんなところに、なんのご用？」

「きみが昨日言ったことをじっくり考えてみたんだがね、その結果、ふたりの関係が終わったことを受け入れたくないとわかったんだ」

絹のようになめらかな口調に、ブリナは警戒するように眉をひそめた。

「はっきり言ったはずよ、わたしはもうあなたを求めてはいないって」

「そのとおり。だが、ぼくらの子供にはぼくが必要だと思う」

「いったい、なんのお話？」ブリナはまっ蒼になって立ちあがった。「子供って、なんのこと？」

「きみがみごもっている子供さ。ぼくの子供のことだ」

ラフのことばはひどくショックだったけれど、ブリナはなんとかおちつきを取り戻して、嘲るように笑った。

「なんのお話かさっぱりわからないけれど……」

「きみのドクターに電話したのさ、ブリナ」ラフは穏やかに口をはさむ。「先生はぼくが感づいていたことを認めてくれたよ」

「そんなの、信じられないわ。ドクターは患者の秘密をもらさないものよ、たとえどんなにかまをかけられても」

「もちろん、ぼくが父親になることを知っていないと思ったら、ドクターだって秘密を守ろうとしただろうさ。ぼくは電話で、きみの妊娠は順調かどうかとたずねたんだよ。ドクターはただ、順調だと保証してくれただけだもの」

「そもそも、なんだってドクターに電話をして、そんな質問までしたの？」

「きみは忘れてるらしいが、ぼくは二回も父親になったことがあるんでね、兆候ぐらいわかるのさ」

「どんな兆候かしら？」

「きみはひどく体がだるそうだったし、突然、魚のにおいに我慢できなくなった。そのうえ……」

「なぜ、わたしにたずねなかったの？　なぜ、ドクターに電話なんかしたの？」

「きみにたずねたさ。返事は覚えてるだろう！　ぼくはきみが話してくれるのを待っていたんだよ、ブリナ。それなのに、きみは黙ってここに来たんだぞ！」

「いったい、なんだって、わたしの妊娠なんかに関心をもつの？」

「なぜ関心をもっちゃいけないんだ？」

ラフは眉根を寄せる。ブリナは挑むように頭をつんとそらした。

「たぶん、この赤ちゃんはあなたの子じゃないわよ！」

そんな返事をすれば妊娠を認めることになるけれど、ブリナは気にもとめなかった。ドクターがラフに確認を与えている以上、否定し続けてもむだな話だから。ラフはわずかに緊張を解いた。

「ぼくの子だってことは知ってるんだよ、ブリナ」

ブリナは苦しそうに眉をひそめる。

「あなた、この子をどうするつもり？」

「きみこそ、どうするつもりだ？」

「わたし？」ぎょっとしたまなざしを向け、ラフの質問の意味がわかると、怒りに顔が黒ずむ。「ブリナ」「よくもそんなことが思えたものね、このわたしが……」

「ブリナ」父親が部屋に飛びこんできて、心配そうに娘を見つめる。「やれやれ、大丈夫だな！」

ブリナは安心させるような笑みをうかべて父の腕をぎゅっとつかみ、ラフへの炎のような怒りをけんめいに抑えた。

「もうすっかりいいわ」

「ブリナは働きすぎだっただけですよ」ラフが穏やかに割って入る。「新鮮な空気を吸いに、散歩に連れていきます」

「ブリナ、どうするんだ？」

「そのほうがいいかもしれないわ、パパ」ラフは厚いアノラックをブリナに着せかけ、椅子の背から自分の革のジャケットを取った。「ここはちょっと暑いみたいだから」

「あとでぼくが車で家に連れて帰ります」

ブリナはもう一度父の腕をぎゅっとつかんだ。

「それじゃ、お昼に」

何十人ものスキーヤーがスロープをすべっている雄大な山々のふもとを歩きながら、ラフが言った。

「お父さんはご存じなんだね」

「両親とも知っています」

「それなのにきみのお母さんは、家を訪ねたぼくにとても親切だったし、お父さんもあまり心配なさっていないみたいだな。ぼくなら、結婚もしないで娘のケイトをみごもらせた男なんか、たたき殺してやりたいと思うのに！」

「わたしの両親だって、わたしを愛してるわ。ただ、わたしが自分でこの件を処理できる大人だって、わかってくれてるだけなのよ」

「〝この件〟についてきみはどう思っているのか、まだ話してくれてないぞ。もっとも、さっきのきみの態度や、ご両親に話したという事実から判断すると、中絶する気がないのはあきらかだが」

「そんなこと、するものですか」鋭く切りかえし、足をとめてラフをにらみつける。「いいこと、ラフ、なぜあなたに話さなきゃならないの？　昨日話したことは本気よ――わたしたちのあいだは終わったのよ」

ラフはぎゅっとブリナの両腕をつかんだ。

「ぼくらの子供は、そんなふうには考えないぞ」

「ラフ、あなたにはすでに子供がふたりもいるのよ。いまさらわたしの子供までいらないはずだわ」

「きみはその子がほしいのか？」

「もちろんよ！」

ブリナは大声で叫びかえす。目に涙がきらめいていた。

「それはぼくも同じさ」

「でも、なぜなの？」身をよじってラフの手をふりほどく。「あなたならどんな女性とでも子供をもてるわ。でも、わたしは……」

「それで？」

ブリナがふいに口ごもったので、ラフは先を促した。ブリナは深呼吸をして気持を静めた。

「この赤ちゃんは、わたしのものよ……」

「ぼくらのものだよ。ケイトやポールにとっては、妹か弟になる」

そんなふうに考えたことなど一度もなかった。生まれてくる子がケイトやポールに似るだろうとは思っていたけれど、ふたりが兄や姉になることまでは。ふたりとも赤ちゃんの親になってもおかしくない年齢よ。ラフだって、この年になって、いまさらもうひとり赤ちゃんをほしがるはずはないわ。ケイトやポールだってほしがらないはずよ。

「だからといって何も変わらないわ。それに、もしふたりが望むなら、赤ちゃんに会うのをとめたりはしません」

「それじゃ、ぼくはどうなる？　子供に会えるのは……月に一度、夏に二週間、そして運がよければ一年置きのクリスマスというところかい？」

「おたがいの弁護士が決めてくれるでしょ……」

「弁護士なんかに決めさせるものか、たとえきみがほかにどんな手を考えていようとも、きみはぼくと結婚することになるんだからな！」

ラフは傲慢で、支配的で、まったく手にあまるときさえあるけれど、声を荒らげるほど癇癪を起こしたところなど一度も見たことがなかった。ラフの怒りはいつも冷ややかで自制心を失わないのに、いまは大声で怒鳴っている。ブリナはびっくりして縮みあがった。

「あなた、本気で再婚するつもりなの？　それも、結婚式をあげて六カ月後には子供ができるのよ」

　ある夏の夜、ラフはブリナのベッドで、あまりにも若かった結婚はジョシーがすでにポールをみごもっていたせいだと話してくれたことがある。ふたりは恋をし、危険を冒して、十代で結婚するはめになったほどなのに、なぜかうまくいかなかった。ラフは同じことをくりかえしたくないはずだ。

「そんなふうに妻を迎える運命らしいな」ラフは自嘲するように言った。「いや、ブリナ、比較は成りたたないぞ。ぼくはもう三十九で、十八歳の若者じゃない。そしてきみも、とうてい子供とは言えないんだからな！」

　ブリナはのろのろと首を横にふった。

「わたし、あなたとは結婚したくないの」

「それはもうぼくの体がほしくないって意味か？」

　ラフの目が鋼鉄の裂け目のようにせばまった。ブリナはひるまず相手を見かえす。

「そのとおりよ」

「それなら簡単に解決がつく。ぼくは二度ときみの体には触れないようにする」

　ブリナはまじまじと相手を見つめた。ラフは気がちがったのかしら？　が、硬い表情を見れば、ラフは本気だとわかる。

　簡単に解決がつくですって？　ラフはもうわたしに欲望は感じないと、本人を前にして、よくもこんなに穏やかに言えるものね！　ラフはそれで平気らしい。この一カ月ほどのわたしの疑惑って、こういうことじゃなかったかしら？

けれども子供のために、ラフは何がなんでもわたしを承知させて、結婚するつもりでいるんだわ。そうなると両親だって、あれほどわたしを愛して手を貸したがっていても、イギリスで、いや世界でも指折りの金持の結婚の意思に反対できるだろうか？

「いますぐは答えられないわ、ラフ。考える時間がほしいの」

「ぼくらには時間の余裕はあまりないんだぞ」

「二、三日なら大差ないでしょ！」

「よかろう。二、三日だぞ」

ラフほどその気になれば魅力的にふるまえるひとを、ブリナはほかに知らない。両親との昼食のあいだ、ラフはその能力をフルに使って、ロンドンでのふたりの生活を率直に話し、ケイトやポールに関する質問にも答えた。

両親は、ブリナのおなかの子供の将来はブリナが決めることだと思ってくれてはいるものの、食事のあいだこまやかにブリナを気遣うラフを見て、なぜブリナのほうから別れようと決めたのかたずねるようなまなざしを向けるしまつだった。

ラフの行動を見れば、終わらせたがっているのがラフではないのがあきらかだったから。

そのうえ両親は、ブリナがラフを愛していることも、恋に落ちなければけっしてラフの愛人になどならなかったことも、よく知っていた。

いっしょにすごした最初の夜、ラフははじめからブリナを誘惑するつもりでかかっていたようだ。キャンドルの明かりのもとでの高級な食事、静かに流れるロマンティックな音楽、そして目の前に座ったラフのスレート色の瞳。ブリナのほうは誘惑されるつもりはなかったし、たとえ惹かれずにはいられなかったとしても、昼間のラフの頭ごなしの態度を忘れてはいなかった。

レストランから車で送ってくれるものと思いこんでいたのに、ラフはあとで車を取りに来ることにして公園のなかを歩いて帰ろうと提案した。ブリナの疑惑はたちまち魅惑に変わり、夏の花の香りにワインにもまして酔ってしまった。

何より意外だったのは、アパートメントに着くと、コーヒーでもというブリナの誘いをラフが断ったことだった。その代わり戸口の石段のところで、名残惜しそうにおやすみのキスをして帰っていった。ただ一度のキスで、いままでつきあってきたどの男性よりもラフに惹かれたのがわかった。

翌日、コートから電話があって夕食に招待されたけれど、ブリナは迷いもせず断った。ラフが電話してくるかもしれないので、夜は空けておくつもりだった。まるではじめてのボーイフレンドからの電話を待つティーンエイジャーみたいだとはわかっていても、どうしようもなかった。が、ラフからはとうとう電話はかからずじまいだった。

つぎの日になってもブリナはまだ自分に腹を立てていて、とげとげしいくらいにいらだたしい気分だった。ラフ・ギャラハみたいな男に引っかかるなんて、なんてばかだったんだろう。むざむざとラフの言うとおりになったなんて——また会ったのは事実だし、ほかの女たちと同じようにラフに抵抗できなかったのだから。

「その鉛筆が、ぼくの首ならよかったと思っているんだね？」

冷ややかで自信たっぷりな声に、ブリナははっとして顔をあげた。案内もなしにラフ・ギャラハがオフィスの入口に立っていた。

「きみが激しいタイプだとは思ってもみなかったな」

ぐいっと眉をあげて部屋に入り、ラフはうしろ手にそっとドアを閉めた。ブリナは驚いて、手のなかの折れた鉛筆を見つめる。鉛筆をふたつに折ったことなど気づきもしなかった。

「そうじゃないんですもの」折れた鉛筆をくず箱に捨て、冷ややかにラフを見あげる。

「お約束はないはずですが、ミスター・ギャラハ」

ラフは正面の椅子にどっかと座りこんだ。

「コーヒーはあるかい？　目を覚まさなきゃ」

「それより、もうすこしベッドにいらっしゃったらどう？」

ブリナの目が怒りにきらめいた。よくもまあ、ほかの女と夜をすごしたあとでここに来て、コーヒーなんか頼めるものだわ！　ラフは椅子の背に頭をもたせかけ、つかのま目を閉じた。

「ぼくはベッドに入らなかったから……」

「ミスター・ギャラハ……」

「そろそろ年だな。二年前なら、アメリカに飛んで徹夜で働き、仕事が終わってイギリスに帰ってきても、なんの不都合もなかったんだがね。いまはただ、疲れはてたって気分だよ」

「そんなことをしたら、もちろん疲れるはずよ」

この二十四時間の厳しいスケジュールを聞いて、ぞっとしてしまう。電話をかけてこなかったのもむりないわ。まったく空き時間がないんですもの。

「そんなに根をつめて働くなんて自殺行為ね！」

ブリナは立ちあがって、部屋の反対側に置いてあるパーコレーターからコーヒーを注ぐ。

ラフはうれしそうに濃いコーヒーをブラックのままで飲んだ。

「なんとしてでも自分のものにしたい女性に言いよるチャンスを、コートに与えるわけにはいかなくてね」カップのふちを見つめながら静かに言うと、またコーヒーを飲んだ。

「それで、ぼくにチャンスはある？」

モデルとして何年間も大勢の男性の注目を浴びてきて世慣れた女のはずなのに、ブリナは赤くなった。

「出かける前に電話をくださる時間くらいあったでしょう。そうすればアメリカに行ってらっしゃるのがわかったわ」

「ということは、ぼくは遅すぎたってわけ？　コートが電話してきたんだね？」

この男性に遅すぎたことなんてあるのかしら、女性に拒まれたことが一度でもあって？

「家に帰ってお休みにならなければ……」

「ぼくといっしょにいらっしゃい」

ラフはハスキーな声で招待した。いまは疲れの影も見えない。ブリナは率直な誘いに固唾をのんだ。

「……まだわたしにお会いになりたければ、あとでお電話ください」

きっぱりと言って、ブリナはすぐにもいっしょに出かけたい誘惑にけんめいに逆らった。もし、もう一度誘われれば、逆らえなかったかもしれない。が、ラフはすっくと立ちあがった。

「あとで電話するよ」

「いいわ」

自分がすっかりおちつきをなくしているのがわかる。氷のように冷たくよそよそしい女だと言われてきたのに？　信じられないわ！

「ブリナ」ラフはハスキーな声でつぶやき、両腕にブリナを抱きよせると、名残惜しそうに唇にキスした。「かならずあとで電話する。それに、今度急にビジネスで出かけなければならないときには、忘れずに電話で連絡するよ」

今度ですって？　ブリナはその日の午後ずっと、そのことばを考えていた。ラフはふたりの関係をつかのまに終わらせずに、長く続けるつもりだとほのめかしているみたいだけれど。

ラフ・ギャラハとそういう関係になるということは、肉体的な関係が生じるってことだわ。もう一度会う前に、そういう関係になるのを自分が望んでいるかどうか、はっきりさせておかなくては。

その日、退社直前にラフから電話があって、ブリナはほっとした。ブリナの家の電話番号までは知らないはずだから、デスクの前でラフの電話を待つしかないと考えていたところだった。たとえ、ひと晩中待つことになっても。

ラフは夕食に招待し、服装はふだん着でいいと言い添えた。そのときは別に驚かなかったけれど、ラフの館（やかた）の長い私道に入ってはじめて疑惑が生じた。とがめるようなブリナのまなざしに、ラフはからかうような微笑をうかべた。

「午後もベッドに入れなかったのさ。だから、レストランに行って、いままでに出会った最も美しい女性の前で居眠りする危険を冒したくなかった」

「あなたの名声が台なしになってしまうでしょうね」

「ぼくに関して耳にしたり読んだりしたことを、まるごと信じちゃいけないな」

ラフはさりげなく言って、車のドアを開けた。ブリナはロイヤル・バークシャーにあるジョージ王朝風の館に見とれ、微笑をうかべてラフをふりかえる。

「それじゃあなたは、朝食にシャンパンも飲まないし、絹のパジャマも着ないの？」

「そう」

「どちらのほうがそうなの？」

「両方ともさ。ぼくは朝食にシャンパンは飲まないし、パジャマのたぐいは着たことがない。でも、きみが朝食をつきあってくれるなら、シャンパンのほうは喜んで考えなおしてもいい」

「夕食のまちがいじゃないの？」

「逃げを打ったな！」

ラフは軽くブリナの腕を取って家のなかに入っていった。居間には黒髪の美しい娘と、ラフほどたくましくはないけれど同じくらい背の高い黒髪の青年がいて、ラフは子供たち——ケイトとポールだと紹介した。ブリナは面くらってしまった。彼はベッドに誘うことだけが目的で、自分の家へ連れてきたと思っていたのに。

「くつろいでくれよ」ラフはシェリーのグラスを手渡し、緊張してソファーに座っているブリナの隣に腰をおろした。「子供たちは噛みつきゃしないさ」

たしかに噛みつきはしなかったけれど、子供たちは率直すぎて、ますます居心地が悪くなるばかりだった。

二十歳のポールは、ラフもその年ごろはこうであったろうと思わせるほどよく似ていて、父親と同じくらいブリナに魅力を感じていることを隠そうともしなかった。

ケイトのほうはファッションの話をしたがり、ブリナは喜んでその話題に飛びついた。それでも、ポールが街にある自分のアパートメントに帰り、ケイトもその日買ったCDを聴くために自分の部屋に引きとると、どっと疲れが出た。ラフはからかうように眉をあげた。

「あの子たちをどう思う?」

すぐには答えられなかった。ラフの子供たちは人なつっこくて気取りがなく、上品で素直なところはありあまる富をもつ父親の影響だろう。十年間も片親だったのだから。けれども、ケイトの率直さは少々度がすぎるし、ポールときたらとめどなくブリナをくどくしまつ。ブリナの沈黙にラフは声をあげて笑った。

「あの子たちは、ふつうはひとを沈黙させたりはしないんだがね。昔からみんなに言われてるんだ――生意気で、礼儀知らずで、詮索好きで、甘ったれのが、き、ど、もだって」

「そんなことないわ。ケイトは率直すぎるほど正直だし、ポールは……そうね……あの……」

「ポールのきみに対する今夜のふるまいは、明日、注意しておこう」

「あら、だめよ。ポールはただ……あの……」

「ぼくが求めている女性を横取りしようとしたんだからな」ラフは有無を言わせず、ブリナを両腕に抱きよせる。「ぼくが求めているものを誰にも渡すものか。まして二十歳の息子なんかに」

傲慢に言って、ラフは顔を寄せた……。

いま、愛想よく両親に話しかけているラフを見ると、ブリナは自分の気持をふしぎに思わずにいられなかった——同じようにラフがひどくほしがっているものを拒めるとでも思うの？　たとえ、今度はわたしの子供であっても。

4

「ずいぶんおとなしいんだな」

ブリナは目を開け、ラフがロンドンまでいっしょに帰ろうと言い張った自家用ジェット機の豪華な機内を見まわした。

「ただ疲れてるだけ」

体の疲れだけでなく、精神的にも疲れはてた感じだった。ラフとの結婚に同意したものかどうか、一日中自分と闘い、いまだに答えを出しかねていたのだから。

「くつろげよ、ブリナ。誰ひとり、きみにむりじいはしていないんだから」

ラフはいままで一度もむりじいをしたことはないし、いまさらそんなふうにするとは考えられない。そもそもむりじいする必要など一度もなかったのだから。けっきょく二十四年間処女だったわたしと愛しあったあの夜だって……。

たった二度目のデートで、ラフの子供たちといっしょに夜をすごすのは奇妙な感じだったけれど、ラフも子供たちもすこしも気にしていないようすなので、ブリナも気にすまいと自分に言い聞かせた。

ラフは疲れているはずだから、ブリナはタクシーで帰ると抗議したのだが、彼は自分で家まで送ると言ってゆずらなかった。アパートメントの建物の前に車がとまると、ブリナは彼のほうを向いた。

「寄ってらっしゃってとお誘いはしませんわ、だってあなたは……」

「誘ってくれよ、ブリナ」

「……お疲れでしょうから……」ブリナはラフのことばに口ごもり、びっくりしてまばたきしていた。「お寄りになりたい？」

「何よりそうしたいな」

「だって疲れてらっしゃるのに……」

「ブリナ、ぼくは目が冴えている。ぜひとも誘ってほしい」

それほど強い要求にどう答えようがあっただろう？　ブリナは肩をすくめ、いくらか茫然として言った。

「いいわ、ぜひにとおっしゃるなら……」

「ぜひに」

エレヴェイターのなかで、ラフは緊張してむっつりと黙りこんでいた。表情を見ただけで、何年ものあいだデートをしてきた男性たちのようにプラトニックな関係に甘んずるつもりなど、ラフにはまったくないことがはっきりわかった。いっしょに部屋に入ると、ブリナはいよいよ自分がラフに何を求めているのか、心を決めるときがきたと思った。

「何を考えてる？」

ラフの耳ざわりな声がブリナの思い出を断ち切った。ブリナはまた目を開け、広い機内の向こう側に座っているラフを見つめる。

「何を考えていると思って？」

「瞼の下で目が動くのを見るまで、きみは眠ってるとばかり思っていたよ。何もわざわざ抵抗することはあるまい。ブリナ、けっきょくは同意するほかないくらい、わかってるだろう」

「あなた、本気でこんな結婚をするつもり？」怒りがめらめらと燃えあがる。「愛しあってもいない人間同士が、たまたま子供ができたからっていっしょになるなんて！　最初の結婚に失敗して、あなた、そんな結婚には懲りてたんじゃないの？」

「ぼくの最初の結婚は失敗じゃないぞ。ジョシーとぼくは若くて、純粋すぎたから、のしかかってきたプレッシャーに耐えられなかった。でも、おたがいに相手を尊敬することは忘れなかった」

「でも、それだけでは充分じゃなかったんでしょう?」

「今度は絶対に大丈夫だ。妊娠が、まるでぼくの責任みたいにきみは言うが、たしかにふたりでつくったにしろ、ぼくの過失とは夢にも思わないぞ」

「いつ、あなたがわたしを責めるのかと、覚悟はしてたけれど……」

「何ひとつ、きみを責めてはいない」ラフはうんざりしたようにため息をついた。「でも、きみは避妊に気をつけると言ったはずだぞ。たしかに言ったと思うが」

ブリナは何年も前から、自然がしてくれるものと思いこんでいた。妊娠する可能性がないのに避妊する理由なんてないもの。たしかに、ラフにはそこまで話しはしなかったけれど。

「言ったでしょうね」

「それじゃ、きみは手をつくしたが、それでも子供はできたわけだ」ラフはシートベルトをはずすと、機内を横切ってブリナの前にしゃがみこむ。「ブリナ、ぼくらはたまたまベッドをともにした他人同士じゃなくて、六カ月ものあいだ恋人同士だったんだよ。きみの妊娠はその結果だ。ぼくとの結婚がそんなにひどいものになると本気で思うのかい?」

ラフは優しくブリナの両手を握った。ブリナは探るようなまなざしでラフを見かえす。必要に迫られてラフと結婚することが、わたしの恐れているような悪夢にならないと信じられさえしたら。ひょっとして他人同士だったらうまくいくかもしれない。すくなくとも、わたしだってこんなにもラフの愛を求めはしないはずだもの。

　でもラフと結婚して同じ家に住みながら、子供の母親でしかないと思い知らされるなんて、煉獄(れんごく)の苦しみだわ！　結婚して義務感からベッドをともにされるなんて、それこそ地獄よ！　けれども何をしてもラフには勝てない、ラフが子供のことを知ったいまとなっては。

「もう言ってあるはずよ」ブリナは誇りをもって頭をあげる。「結婚する道はただひとつ、わたしたちが別々の生活を送れるかどうかよ」

　ラフは不機嫌な表情になってブリナの両手を放すと、立ちあがって隣の席にどすんと座った。

「ぼくはベッドを別々にすると言ったはずだぞ、ブリナ。ただし、おたがいがそれぞれにセックス・パートナーをもつような結婚をもう一度くりかえすつもりはないからな」

　ブリナはぱっと赤くなり、すぐ蒼(あお)い顔に戻った。

「わたし、そんなつもりで言ったんじゃないわ」ラフが夜になると別の女性のところに出かけるなんて、考えただけでも気分が悪くなる。けれども官能的な男性であるラフに、そんな条件をつけたら、ほかに何が期待できるだろう？「そのうち……あなたが愛人をもつことにも、なんとか慣れると思うけど……」

「ぼくはきみが別の男をもつなんて我慢できない。ぼくと結婚したら、きみは、きみのべッド以外誰のベッドにも入ることは許さん！　もし一度でもこの約束を破ったとわかったら、ただちに離婚して、あらゆる力を傾けて子供の親権を勝ちとるつもりだからな」

ブリナはまっ蒼になった。ラフがことばどおりに実行することは——それだけの力もあることは、疑いの余地もない。ラフの力をよく知っているからこそ、いまだってプロポーズに同意するしかないと考えているのだから。

「きみは仕事を続けてもいいし、乳母を雇うのもよかろう。好きなようにしていいが、ぼくに拒んだものをほかの男に与えることは許さないからな！」

まるで、自分では飽きているくせに、おもちゃを貸すのをいやがる子供みたいだ。そして、結婚すればそうなってしまう。わたしはただ、彼の家の美しい飾り物でしかなくなるんだわ。

「そんな結婚、うまくいきっこないって、どうしてわからないの、ラフ？」

「うまくいくようにぼくが図ってみせる」

「わたしだって人間なのよ、ラフ、自分の感情というものがあるの。ビジネスの取り引きとはわけがちがうわ」

「きみに感情があることくらいよくわかっている。だからこそ正常な結婚を申しこんでるんじゃないか」

それじゃ慈善ってわけね。わたしがほかの男性のもとへ行かなくてすむようにおざなりな愛の行為をするラフといっしょになるなんて、まっぴらだわ。

「妊娠はわたしの問題よ、ラフ。なぜわたしにまかせてくれないの?」

「その子はぼくのものだ」ラフは激しい語調で言った。「だから、ぼくはその子がほしい」

またもやブリナは、ラフがいままで一度も自分の望むものを拒まれたことがないという事実を思い知らされるばかりだった。

「自分たちの巣箱に侵入してくる相手に、ケイトやポールがどんな反応を示すと思って?」

「あの子たちと同じに、この子もぼくの子供なんだ。あのふたりも、受け入れることを学ぶしかあるまい」

反対する理由もつきてしまった。ただひとつの動かしようもない反対理由は、自分はラフを愛しているのに、ラフは自分を愛していないということだけ。おなかの子に対しては、ラフも愛情深いすてきな父親になってくれるのはわかっているけれど。ブリナは目を閉じ、ため息とともに言った。

「わかったわ、ラフ。あなたと結婚します。わたしが自分の寝室をもち、あなたが絶対に入ってこないという条件つきで」

ラフは勝ち誇ったように目をきらめかした。

「認めよう。ただし、きみがほかに男をもたないという条件をつけてだ。もしベッドで愛しあいたくなったら、ぼくのところに来ればいい！」

怒りが頬を焼く。が、ブリナは冷ややかに答えた。

「そんな必要はないでしょう」

「絶対にぼくがほしくなるとは思っていないんだな、うん？」

「もちろんよ！」

「欲望が生じたら遠慮はいらんぞ、朝食にシャンパンを飲む機会もまだなかったし。まあ、そんなことはどうでもいいか」

嘲(あざけ)るように言って、ラフは横を向いた。

あの夜、アパートメントのドアが閉まったとたんに、ラフが自分を求めているように自分も彼を求めていることにブリナは気がついたのだった。とはいえ経験がないから恥ずかしくて、はたして男性を満足させられるかどうか不安でもあった。

わたしは見たところはほかの女性と同じだけれど、ラフは何年も大勢の女性とつきあってきた男性だもの、本当の女であるためには何かが欠けていることに気づかれないかしら？　答えを見つける方法はひとつしかない。ブリナは大きく息を吸った。

「こうなることを、今夜はずっと心にかけていたんだ」

うめくようにラフは言って、柔らかなブリナの髪に両手をさしこみ、唇を求める。その前のただ一度のキスだけでは、とうてい官能に満ちた麻薬に酔うような二度目のキスを受ける用意ができているとは言えなかった。

ラフは覆いかぶさるようにぴったり体を寄せ、ブリナを抱きしめながら両手に髪をからませる。ブリナはただ体を硬くしたまま、波のように押しよせる歓びに押し流され、唇を開いていた。

ラフと、ラフがしようとしていることのほかはすべて消え、ブリナは体をのけぞらせ、喉もとをラフの唇の熱い愛撫にゆだねる。聞こえるのは、ふたりの乱れた呼吸だけだった。

「今夜は大丈夫なの、ブリナ？」

「大丈夫って？　あの……」ラフのことばの意味がやっとわかって、ブリナはまっ赤になった。「ええ、あの……大丈夫」

「ここに泊まっていい？　ぼくの家でいっしょにすごそうと誘いたかったんだが、ケイトがいるから……」

「わかっています」

ああ、こんなふうにするものなのかしら。たがいに欲望にかられて、そのまま夜をともにすごすものなの？　きっとそうね。そういう関係について、ブリナはあまりにも知らなすぎた。

「泊まるのならここのほうがずっと都合がいいわ」ラフにおばかさんだと思われたくなく

て、さらりと言ってのけ、これからはもうすこし世慣れて見えるようにふるまおうと、ばら色のドアを指さした。「バスルームはあそこよ。まずお使いになりたいんじゃない？」

さりげなく聞こえたことを喜びながら、ブリナはいっしょにバスルームに入るつもりはないと遠まわしに伝えた。

「ブリナ……」

「わたし、メーキャップを落とさなくちゃならないし、ベッドに入る前にいろいろすることがあるのよ」明るく言い添える。「でも、たぶんお断りしておくべきね。あの……わたし、あなたの経験の足もとにもおよばないの。だから……」

ラフは激しいキスでブリナの口を封じた。

「ぼくらの過去やいままでの愛人たちのことなんか話したくない。いまはただ、これだけでいい」たっぷりとキスが続いたあとで、自嘲するように言い添える。「話はあとでできる。いまほどどうしようもなくきみを求めなくてもすむようになったときに」

ばかね！　ブリナはうろたえて自分を叱った。もちろんラフはわたしの経験なんか――つまり経験のないことなんか――話しあいたいはずがないじゃないの。わたしだってラフの人生を彩った女性たちのことなど知りたくもないもの。

「ゆっくりバスルームをお使いになって」

だしぬけに言って、ブリナは急いで寝室に逃げこんだ。へたに世慣れたふうを装って、かえって経験のないことを気づかれたりしなかったかしら？　たとえ気づいたとしても、ラフはそぶりにも見せなかった。

　ブリナがシャワーを浴びてバスルームから出てくると、ラフはセミダブルのベッドの枕に寄りかかってシーツを腰までかけていたが、その下は裸だとわかった。ブリナのほうは、タオル地のローブの首から裾までボタンをしっかりかけているのに。

　化粧を落としたせいで、不器用なティーンエイジャーのような気分になる。ところがラフのほうはいままで以上にぞっとするほどすてきで、怖い感じも消え、ただただ圧倒的な魅力を発散していた。

　ラフがぱっとシーツをはねのけてベッドをおりた。黄金色のすばらしい裸体にブリナはうろたえ、ラフが手早くローブのボタンをはずしたことも、ローブが床にすべり落ちるまで気づかなかった。

　キスをしながら愛撫しあっているうちは、ブリナの経験のなさもさして気にならなかった。ブリナは本能のままに反応し、ラフが自分の体に触れるように彼の体に触れたいという強烈な欲望を味わった。

　ふたりはじらすように、ゆっくり愛しあった。ブリナは狂おしいほど取り乱し、やっとラフが体を重ねてきた。欠陥があるのではないかという心配などいつしか忘れ、ブリナはつかのまの苦痛のあとに、このうえなくすばらしい、満ちたりた思いを味わった。ラフは荒々しくふたりを充足のふちへとかりたてていった。

そんなに解き放たれた自由を味わうのははじめてだった。まるで重力が消え、柔らかな綿雲に乗っているように、ものうい快楽のなかを漂う。しかし、まだ体を重ねたままのラフを見あげたとたん、ブリナの目から幸福の色がいくらかあせていった。ラフにとっては、またひとつ性の出合いがふえただけのことなんだわ。

「わたし、こういうことはちょっぴり経験不足だって話そうとしたんだけど」

「経験不足？　経験不足どころか、きみは……」

「はじめての相手にあなたみたいなエキスパートを選んで賢明だったわ。たしかに、わたし、あまり経験はないけれど、ルールなら知ってるつもりよ」

「なんのルールだい？」

ふいに体をこわばらせると、ラフは警戒するようにブリナを見おろした。ブリナは視線を避けたまま笑みをうかべた。

「なんの拘束もなく、責任ももたず、ただおたがいに楽しむってルールよ」

「もちろんだとも」

ぶっきらぼうに同意すると、ラフは体を離して隣に横たわった。ブリナは探るようにラフを見つめた。わたし、急ぎすぎたかしら？　ラフがふたりのラヴメイキングで快楽を味わったと思ったのは、誤解だったのかしら？　また会いたいなんてラフはひとことも言ってないのに、わたしったら情事のルールをもちだしたりして！

「今夜かぎりじゃないとしての話だけれど……」

「今夜かぎりではない。きみへの欲望は、ただのひと晩では、とても満たされはしないさ」

ラフは荒々しくキスをし、ふたたび愛撫しはじめた。

そして、ふたりのつきあいは続いた。愛しあうたびに、ブリナにとってはラフが自分の分身のような満足感があったけれど、はじめての夜ほど気持のうえで満たされることは二度となかった。

この一カ月ほどは、抱きあっていても、もはや心が寄りそわなくなっていた。そしていまや、ラフの妻になるために、ブリナは愛の行為が与えてくれるささやかな慰めもあきらめたのだった。

5

クリスマス・イヴの結婚式くらいロマンティックなものはない。しかも、その結婚式にはすべてがそろっていた——白のシフォンとレースのドレスに包まれた花嫁は、はっとするほど美しく、美女ぞろいの四人のブライズメイドにつき添われていた。ひとりは花婿が前の結婚でもうけた娘で、あとの三人は花嫁の親友である。そしてグレイのモーニング姿もひときわ目立つ、ハンサムな花婿。

祝い客のあふれる教会で、花嫁が誇らしげな父親から正式に花婿に引き渡され、誓いがおごそかに力強く交わされた。ブリナ・フェアチャイルドとラフ・ギャラハの結婚式には、何ひとつ欠けたものがなかった。

これほど申しぶんのない挙式はふつう準備に数カ月かかるものだが、たったの二週間で用意万端整ったのは、もちろんラフの力のせいである。

白いウエディングドレスなど着たくないというブリナの抗議を押しきったのも、ブライズメイドはケイトひとりで充分と言うのに何人か選ぶようにと言い張ったのも、大勢の招待客を教会だけでなくこの最高級ホテルの披露宴に招いたのも、ラフであった。

誰もが口をそろえていい式だったと言い、花嫁はすこし蒼(あお)ざめてはいたが美しかったと言いあった。けれど、大富豪でしかもハンサムな男性の妻になって蒼ざめない女性などいるかしら？ じっさいに女性客のひとりが連れにそうささやくのを、ブリナは聞いた。

ラフは挙式の二週間前に立った噂(うわさ)を――ある新聞が書きたてたように、挙式を急ぐ理由は〝三人目のギャラハ家の相続人〟の誕生が近いという噂を、否定も肯定もしなかった。

ラフはスコットランドから帰るとすぐ、赤ちゃんと結婚のことをケイトとポールに話すと言い張った。ふたりがどんな反応を見せるかブリナには見当もつかなかったけれど、ケイトが率直に喜んでくれたのはうれしかった。ポールのほうは、その年齢になって妹か弟ができることにちょっぴりとまどっているように見えたけれど。とはいえ、ありがたいことに、ふたりともはっきり赤ちゃんを拒絶したりはしなかった。

ポールはもちろん父親のつき添い(ベストマン)を務めた。ラフがコートをさしおいて息子を選んだ理由を説明しようとすると、コートは手をふってさえぎり、すでに一度ベストマンをしているから充分だと答えた。

「ダンスのお相手をお願いできますか、ミセス・ギャラハ？」ミセス・ギャラハと呼ばれてはっとして、ブリナはコートをふりかえった。すっかり緊張しているブリナを見て、コートの表情がくもる。「ダンスどころか、きみは座ってなくちゃ。何か食べるものを取ってこよう。いまにも気を失いそうだぞ」

「この髪飾りとヴェールのせいよ」

ブリナはため息をつき、重いダイヤモンドの冠(ティアラ)でヴェールをしっかりとめているあたりをゆるめる。ティアラはラフからのウエディング・プレゼントで、おそろいのイヤリングとネックレスは家の金庫のなかだ。

「脱いでしまえよ。もう取ってはいけない理由もない。手伝ってあげよう」

コートは微笑をうかべ、ティアラをとめた隠しピンを捜した。

「よして」ブリナは手をあげてとめ、ラフが見張っていないかと気づかわしげにこみあった部屋を見まわす。ラフは部屋の反対側でブライズメイドのペニーやジャニーヌ、そのパートナーたちと話していたが、目はまっすぐブリナを見つめていた。冷たくとがめるような視線だった。「ラフの気に入らないわ」

「ばかなことを言うな。気分が悪いのはラフじゃないんだぞ」

「どうぞご心配なく。花嫁がヴェールをつけないで歩きまわるわけにはいかないわ」

「披露宴でまでつけてる必要はないさ。もしきみが……」

「なぜ踊らないの?」

そしてヴェールのことなんか忘れましょう。ラフはこの結婚に何ひとついいかげんなことを許すつもりはないんですもの。そのなかにはわたしの行動も含まれているんだわ。

「でも……」

「花嫁と踊りたくないの？」ブリナはからかう。「おびえてるのね、この紙吹雪のせいで誤解されるんじゃないかって」

「ぼくは大丈夫」コートはにやっと笑い、きれいにブリナを一回転させてダンス・フロアに出た。「いわゆる〝気むずかしい独身男〟で通っているからね――このまま押し通すつもりだよ！」

「だったら、わたしの四人目のブライズメイドにちょっかいを出さないで！」

「ぼくはたまたま、アリソンは刺激的な話し相手だと思っただけさ」

「そうでしょうとも。だからこそあなたは、ふたりで今夜ここに部屋を取ろうとほのめかしたのね」

「ぼくはただ、アリソンの力になろうと思って、夜遅くに家まで帰る代わりの案を出しただけだよ」

　コートの弁解に、ブリナはくすくす笑った。

「アリソンの住まいはここから、一キロも離れていないんですけど」

「そのとおり。ぼくの寛大さを笑いものにするがいいさ！　女ってのは、何ひとつ秘密が守れないんだからな！」

「慰めになるかどうか、アリソンはもうすこしで承知しそうだったそうよ」

「それがぼくの人生でね。女たちはいつも、もうすこしで承知しそうになるんだが」

「ラフの話では、いつも〝もうすこし〟でとまるわけじゃないらしいけど」

「ぼくら〝気むずかしい独身男ども〟にも、たまには連れが必要なのさ」

「あなたとラフが親友同士なのも、ふしぎじゃないわね」

「ラフはきみとデートしはじめてから、ほかの女性なんか見向きもしなかったぞ」コートはまじめになって言い、ぎこちなく言い添えた。「まあ……この前のローズマリーは別だけど。でも、あれも問題じゃないさ」

「そうかしら？」

ブリナは眉をひそめた。コートはわたしの知らない何かを知っているのかしら？　わたしは、あの夜のことではまだ心がうずくのに。

「もちろんラフは、あそこまですべきではなかったがね、しかしビジネスのことが心にかかっていたのも事実だから……」

「ラフがそう言ったの？」

ラフがあの夜のことについてコートにどんな言いわけをしたのかブリナはたずねなかったし、ラフも話そうとしなかった。けれどもいまでは、ラフが故意にコートに嘘をついたとわかる。なぜ本当のことを言わなかったのかしら——わたしに飽きて、逃げ道を探していたんだって。

この二週間、ラフは結婚式の細部にわたってブリナに相談をもちかけたものの、ブリナの意見に賛成できないと自分の意見を押しつけ、そんなことならなぜ相談する手間をかけるのかとふしぎに思ったほどだった。そのうえ、二度と体に触れないという約束までも守った。

これからの結婚生活の見本として、どんなにみじめな思いを味わうことになるかブリナは思い知ったけれど、約束を守る証と見るなら、ラフのふるまいは非の打ちどころがなかった。

「つまり」コートは眉根を寄せた。「本当はそうじゃないってわけなのか?」

「コート、わたしたちは赤ちゃんのためだけに結婚するんだってラフが話したでしょう?」

「赤ちゃんって、なんのことだい?」コートはまごつき、信じられないと言わんばかりに、摂政時代風のハイウエストのドレスに視線を落とした。「きみ、妊娠してるのか?」

「ラフから聞かなかった?」

「きみが妊娠してるってことをかい?」

コートはダンスをやめ、ブリナの二の腕をぎゅっとつかんでまじまじと見つめる。ブリナの目には涙がきらめいていた。

「ええ」

「噂は耳にしたがね、突然の挙式だもの。でも、ラフはほのめかしもしなかったな。ああ、考えてもみなかったよ！」コートの顔は怒りに黒ずんでいた。「あの阿呆が……」

「ラフが悪いんじゃないわ。責任はわたしにあるみたい。わたし……へまをしたの」

「きみのようすじゃ、あいつはあきらかにきみの生活をめちゃめちゃにしてるんだな。よくもきみにそんなまねを。やつめ……」

「コート、お願い！」ブリナは懇願するようにコートの腕に手を置いた。ほかのひとたちが踊っている大舞踊室の中央で立ちつくしているのだから、ずいぶん注目の的になっているのが気になる。「どこかへ行って話しましょう、あの……」

「さっきからスチュアートがきみとのダンスを待っているんだよ、ブリナ」厳しい顔つきのラフがアシスタントを連れてブリナの隣に現れた。「きみは妻とのダンスは終わったようだな、コート」

コートがいまにも言いかえしそうなので、ブリナは騒ぎを避けるために軽やかにスチュアート・ヒリアの腕に移った。音楽に合わせて踊りながら、ラフとコートがダンス・フロアを出て、客が集まっている一角から離れた部屋に消えるのを見守った。

「ご両親も楽しんでらっしゃるようだ」

スチュアートがだしぬけに言い、ブリナは相手に注意を戻したものの、閉めきったドアの向こうで親友同士のあいだに何が起こっているのか、気が気でなかった。

両親を見やると、また一曲踊って、ラフの両親のいるテーブルに戻るところだった。両親はラフに会って気に入ったものだから、ブリナが結婚を決意すると大喜びだった。それなのに、どんなにみじめな思いで結婚するかなど、とても話せはしない。両親はただブリナの幸せを願い、ラフなら幸せにしてくれると信じているのだから。

「ほんとね。あなたも楽しんでくださってるといいんだけど」

「もちろん、楽しんでますよ」

「よかったわ」

なぜスチュアートが嫌いなのか、ブリナにもよくわからない。いつも親切で、ときには親切すぎるのに、なぜかスチュアートがいるとおちつかなくなる。曲が終わり、ブリナが笑顔を見せておいて立ち去ろうとすると、スチュアートが腕をつかんだ。ブリナはもの問いたげにふりかえった。

「何かしら?」

「ラフに頼まれたんだよ――ラフが戻るまできみの面倒を見るようにって」

「本当?　わたしの結婚式なのに〝面倒を見て〟もらう必要があるなんて信じられないわ。ありがとう!」

「それはそうだが……」

「ミスター・ヒリア、わたし、これからいとこと話をするつもりなの。そこまでついてきていただく必要はないわ！」

ラフったら、アシスタントにわたしを見張れと命令するなんて、まるで、わたしはひとりにしておいたら、とんでもないことをしでかしてラフを困らせる子供みたいじゃないの！　ラフはいままで一度だって、これほど頭ごなしにふるまったことはないし、わたしをひとりにしておいたら信用できないと思っているようすも見せなかったのに。きっと、わたしがテーブルの上にあがって、六カ月後には母親になりますと発表するとでも思っているんだわ！

いとこやいとこのフィアンセとうわのそらでおしゃべりをしていると、コートが部屋から出てきて、披露宴会場のほうは見向きもせずに怒り狂って帰ろうとするのが見えた。ブリナはあわててあとを追う。

「コート……」

「やめるんだ！」

乱暴に手首をつかまれた痛みなど、冷たい怒りに燃えたラフの顔を見る胸のうずきに比べれば、なんでもなかった。その瞬間、ラフはしんからブリナを憎んでいるように見えた。これほどまでにラフが他人に見えるのははじめてのことだ。ブリナは冷たい視線から目をそらして戸口をふりかえった。

「でも、コートが……」

「急用で帰るしかなくなったんだ」

ラフが吐き捨てるように言った。

「いちばんの親友に、わたしたちの結婚式から出ていけと言ったのね」

「いいや。向こうが勝手に帰るんだ」

「あなたがそうしむけたからよ。あなたはいったい、自分が何をしたかわかってるの……」

「騒動は起こすまいとしたつもりだがね。でもきみが、ぜひにと言うなら……」ラフはいま出てきたばかりの部屋のほうにあごをしゃくった。「あの部屋に行こう」

ブリナは喜んで部屋に向かった。朝七時に母に起こされてから最後の最後までこまかいことに追いまくられ、いまは他人としか思えなくなった男性と挙式したあげく、この四時間は家族や友人たちの前でなんとか幸せそうな顔をし続けてきたのだから。ひと息つくのも悪くない。小さなラウンジには暖炉に火まで入っていた。ブリナはラフに向きあった。

「あなたって、どうしてそんなに横柄なわからず屋なの？」

「ぼくの行動はきわめて道理にかなっていると思うがね」ラフは冷ややかにブリナを見かえし、ぴしゃりと切りかえす。「恥さらしはきみのほうじゃないか！」

「わたしはただコートとダンスをしただけよ……」

「そうかもしれないが、ぼくが割って入ったときには、きみたちはたしかに踊ってなんかいなかったぞ。そのせいで人目につきはじめていた。その何分か前には、コートがきみの髪を愛撫するのを大勢の客が目撃している……」

「髪を愛撫してたんじゃないわ。ヴェールを取ろうとしていただけよ！」

「なぜだ？」

「コートが親切なひとだからよ」涙がすみれ色の瞳にきらめく。「だってヴェールで頭が痛かったんですもの！」

「頭が痛かったのなら、なぜ自分でヴェールを取らない？」

そんなことをしたら、あなたがいやな顔をするのがわかっていたからよ！　ああ、なんてことなの、わずか二週間のうちに、わたしは、自分が軽蔑していた女性たちの仲間になりさがってしまったなんて。いままではずっと自立した女性としてふるまってきたのに、夫を怖がって、ほんのわずかなことをするのでさえ、夫の気分を損ねやしないかとびくびくするなんて。

わたしは自分の心と意志をもった立派なキャリアウーマンで、自分の影にさえおびえる間抜けじゃないのに。他人の気持を思いやるのはいいことだけれど、ラフに対してはゆきすぎよ！

「わたしはうわべだけでもつくろうように求められていると思ったの。でも、どんな花嫁だって四時間もぶっ続けじゃ参ると思うわ！」ブリナは髪からピンをはずし、ティアラとヴェールを小さなテーブルに置いて髪を揺すった。「さあ、これで自分の結婚披露宴を精いっぱい楽しめるわ。お望みなら、あなたは番犬みたいに見張ってらっしゃい！」

「それはどういう意味だ？」

「わたしをばかだと思ってるの、ラフ？　結婚を承知してからずっと、あなたがわたしのあらゆる行動を見張ってることくらい、ちゃんと知っています。なぜなのか見当もつかないけれど。でもね、わたしが自分の結婚式でばかなまねをするはずがないってことくらい、いくらあなたでも信用していいんじゃないの！」

「きみはすでに噂の種をまき散らしているぞ、さっきのコートとのふるまいで……」

「何をしたって言うの？　わたしはコートと踊っただけよ！」

「赤ん坊のことを話したじゃないか」

ラフは責めるように言った。

「コートはあなたの親友よ。あなたがとっくに話したものと思っていたの」

「なぜぼくが話さなきゃならん？」

「だって……あの、だって……」

「コートにはこれっぽっちもかかわりがないことだぞ」

ブリナはうんざりしたようにため息をついた。

「いいこと、わたし、自分のしたことであなたとコートのあいだがまずくなってほしくないのよ……」

「ほほう？　女は誰も、男たちが自分のことで争うのを好むものだと思っていたがね」

わたしの妊娠についてコートがなんと言ったにせよ、それがふたりの仲を裂いたのはあきらかだった。

「わたしのことで言い争う理由なんてないでしょ。ばかげてるわ。わたしはいやよ……」

「それは気の毒だな。でも、きみには慣れてもらうしかないようだな」

「でも、なぜなの？　コートはあなたが赤ちゃんのことを打ちあけなかったから、いまはちょっと動転してるのよ。すぐ直るわ……」

「こっちがお断りだ。さて、そろそろ客のところに戻ろう。いずれにしろ帰りはじめるころだから。きみもすこし休まなきゃいかんな」

自分の疲れにラフが気づいているなんて、ブリナには驚きだった。ただうわべをつくろうことばかり気にしてるみたいだったのに。ふつうなら新婚のふたりは何時間も前に逃げだせたのだが、翌日がクリスマスなのでハネムーンには出かけないで、クリスマス休暇を家ですごすことに決めていた。

ラフはブリナの両親を招待し、ラフの両親もやって来るはずだ。ハネムーンに行ったところで、なんとも奇妙なものになったにちがいない！

最後の招待客が帰ったのは真夜中すぎだった。ポールはガールフレンドを送り届けてから館（やかた）に来ることになり、ケイトはクラスメートである好青年のロジャー・デラネイに館まで送ってもらい、ラフの両親はロンドンにある自分たちの家に帰っていったので、けっきょくラフとブリナとブリナの両親がいっしょに車に乗った……。

目を覚ますと、ブリナはラフに抱かれて長い階段をあがるところだった。帰りの車中のことは何ひとつ覚えていないから、車に乗ったとたんに眠ったのにちがいない。目を覚ましたことを感じとって、ラフがのぞきこんだ。

「きみのご両親から、代わりにおやすみを言ってくれとさ」

「もうおろしてくださっていいわ」

ブリナは腕のなかで身をよじった。ラフの腕に力がこもる。

「すぐそこさ」

今日結婚したばかりだというのに、ふたりのあいだの溝は刻一刻と幅を広げ、たとえなんとか我慢できる程度の幸せしか覚悟していなかったとしても、それさえも許されそうになかった。

「ラフ、あなたが赤ちゃんのことをコートに話してなかったなんて知らなかったのよ。だからわたし……」

「とにかくきみは話したわけだ」

ラフはベッドルームのドアを足で押し開ける。

「コートはあなたの親友だから……」

「きみのおなかの赤ん坊は、ぼくらふたりのものだ。だから、赤ん坊にかかわることはどんなことであっても、当然、ふたりで決めるべきじゃないか！」

「あの……ここはあなたの寝室じゃないの」

渋いグリーンとクリーム色の装飾は、廊下をさらに行ったブリナの寝室の暖かいピーチ色とは似ても似つかない。昨日、荷物を運びこんだあとで家政婦が館のなかをくまなく案内してくれたので、バスルームをはさんだ自分の寝室とラフの寝室のようすは知っていた。

ラフがゆっくりブリナを床におろす。ふたりの体がぴったり触れあい、ブリナはふいに体を離した。

「ここが誰の寝室か、充分承知しているとも」ラフはネクタイをほどき、シャツのボタンをはずす。「長い一日だった。ブリナ、風呂に入って寝よう」

ラフはベッドの端に腰をおろして靴を脱いだ。ブリナはラフがいままでひとりで使っていたキングサイズのベッドを見やった。ラフの愛人たちは誰ひとり館で夜をすごさなかった。ラフが子供たちの目にさらすのを拒んだせいで、これまでふたりですごした夜もすべてブリナのアパートメントでだった。ふいに唇が乾く。

「わたしたちは寝室を別にするんじゃなかったの……」

「寝室は別さ」

「でも……」

「ブリナ、館には客がいるんだぞ」嚙みつくように言う。「息子も娘もいる。新婚早々別々に眠ったら、皆がどう思う？」

「あなたが他人の思惑を気にするなんて、考えてもみなかったわ」

いままで一度も気にしたことなどなかったくせに！　ラフの目が腹立たしげにきらめく。

「きみのご両親だって、きみが結婚を望んだと信じておられるんだから、滞在されてる三日間は、ご両親の心の平和を乱すようなまねはしたくない。ぼくにとっては子供たちの気持も大切だが、子供たちにしても三日後にはいなくなる。だから、みんながいるあいだは、ぼくらもこの部屋を使い、このベッドで休み、せめて見かけだけは正常な印象を与えよう。あとで寝室を別にしているとわかっても、きみがひとりで休むほうが、きみのためにも赤ん坊のためにもいいからだと言いわければすむ」

ブリナも自分の結婚が、みずから選んだものというよりもやむをえなかったからだと両親に気づかれたくはなかった。いまになってみれば、ケイトがブレンダのアパートメントに引っ越すのをラフが急に認めた気持もわかる。もしケイトがここにいっしょにいれば、父とブリナがどんなに冷たい関係か気づかれてしまうだろう。

「ラフ、ケイトの将来について、あとで後悔するような決断をしちゃいけないわ。きっと解決法があるはずよ、もしあなたが……」

「ケイトは十八だ。そろそろ世間の厳しさを知ってもいい年ごろだよ」

「ケイトに何か起きたら、あなた、後悔なさるわよ」

「何が起こると思うんだ?」

ブリナはラフにわかるように自分の体を見おろす。

「わたしだって、世慣れてるくせに何も知らなかったわ。そうでしょう?」

ラフの表情がくもり、冷ややかにブリナを見かえした。

「ぼくが自分の娘をむりやり家から追いだして、妊娠する危険に追いやるとでも言いたいのか?」

「もちろん、そんなことは言ってないわ。わたしはただ……ああ!」ふいにめまいに襲われてブリナは目を閉じた。ラフが受けとめてくれなかったら倒れているところだった。

「ごめんなさい」

「きみは疲れきってるじゃないか!」ラフは顔をしかめ、ブリナをベッドに座らせると、背中に並んだパールのボタンをはずしはじめた。ブリナはつぶやくように抗議の声をあげた。「文句を言うな。ぼくはきみに触れるつもりはないと言ったはずだ。疲れはてた妊娠十一週目の女性に手を貸して、しかるべきベッドに寝かせるだけだから」

しかるべきベッドですって? が、ブリナには言いかえす力もなく、ラフがドレスを脱がせ、何度もバスルームに行ってはスポンジを濡らしてきて体から疲労をぬぐいとってくれているあいだ、おとなしく座っていた。

一日中あんなに冷淡だったラフが、こんな心遣いを見せてくれるなんて。が、理由をきく気力もない。ブリナは胸の谷間の汗を優しくぬぐわれても、反対すらしなかった。もっとも太腿にかかると、小さな声で抗議をしたけれど。

「まあ、いいだろう」

ラフは立ちあがると、白いナイトガウンをブリナの頭から着せかけ、枕(まくら)をあてがい、そっと布団をかけた。ブリナは気持よさそうにため息をもらした。こんなに疲れたことはない。目を開けているように命じても、瞼(まぶた)はひとりでに重くなる。

ラフが服を脱いで浴室に入っていったのは知っていたけれど、シャワーの音を聞きながらブリナは深い眠りに落ちた。ふと、自分の体を愛撫するラフの手に目を覚ます。

最初は夢だと思いこんでいたけれど、体は主(あるじ)を知っていた。ラフが触れているんだわ――ブリナははっきり目を覚ました。横になって寝ていたので、背中から数センチと離れていないところにラフの温(ぬく)もりを感じた。いつものように裸で、脇(わき)から伸ばした手がブリナの腹部をなぞっている。

このまま続けられたら快楽の拷問を味わうことになるけれど、やめさせればもっと苦しむことになってしまう。でもやはり、このまま続けられるほうが恐ろしい。肉体の不満のほうが心の痛みよりましだった。だしぬけにブリナは体を離して、ラフをふりかえった。

「ラフ、あなた、約束なさったでしょう……」

ラフの目が銀色にきらめく。

「だから、約束を守ってるじゃないか」

「だって」

「きみにさわっているんじゃないよ、ブリナ」

「あなたの手はわたしの体にさわったわ」

隣で片肘をついたラフのブロンズ色の胸を見ていると、平静でいようと自分に言い聞かせても負けてしまいそうだった。両手はラフに触れたがり、体はラフの愛撫に燃えあがったままだ。

「ぼくの子供にさわっていたんだよ。それもしないって約束した覚えはないぞ！」

ブリナは信じられない思いでまじまじとラフを見つめた。たしかにラフの手は、子供が宿っているわずかにふくらんだおなかにしか触れてはいなかった。でも、たとえそうでも……。

「そうだろう？」

そのとおりだわ。ラフは自分の子供に触れないとはひとことも言わなかった。たまたまラフの子供を宿しているのが、わたしの不運というわけなのね！ ラフに触れられて目覚めた官能の歓び（よろこび）が、すうっと消えていく。

「慣れるんだな、ブリナ」ラフは仰向けになった。「ぼくはケイトやポールと同じように、この子とも親しくつきあうつもりさ。だから、いつだって好きなときにこの子にさわるぞ」

目を閉じるとすぐ規則正しい息遣いが聞こえてきた。ブリナが言い争おうとしまいと、ラフに関するかぎり、この話はそこまでだった。なんといってもラフには権利があるのだから、どうして異論が唱えられよう？

母親の胎内に宿る子に触れ、生命のふしぎを知りたいと思わない父親がいるだろうか？子供が生まれるまでの六カ月間は、ブリナにとって生き地獄になると決まったようなものだった。

6

クリスマスをラフやラフの家族といっしょにすごしたことがなかったので、ブリナはどうなるかちょっぴり不安だった。が、朝の七時にはもうケイトにたたき起こされて、ラフまでお祝い気分に巻きこまれていくのがわかった。

「お目覚めの時間よ」

ケイトの陽気な声が聞こえた。ナイトガウンにローブをはおり、つややかな黒髪をくしゃくしゃにした素顔のケイトは、いかにも若々しい。

ラフの子供たちに自分たちの関係を隠すという習慣から、結婚式の翌朝にそのひとりに寝室へ飛びこんでこられる事態への移行は、そうすんなりとはいかない。ブリナはぎこちなくラフを見やって掛け布団の下にもぐりこんだ。

黒髪を額に垂らし、うっすらとあごに不精ひげを伸ばして眠そうにまばたきをしているラフは、いつもよりずっと若く見える。

「ノックすべきじゃなかったのか、若いの……」

「ちゃんとしたわよ」娘は幸せそうに答え、ふたりのベッドの端に腰をおろす。「返事がなかったの」

「ぐっすり眠っていたからさ」ラフは上体を起こし、ヘッドボードに寄りかかる。「それに、もし眠っていなかったとしたら、ますます邪魔されたくないはずじゃないか」

とまどって頬を染めると、ケイトは立ちあがった。

「何言ってるの、パパ、妊娠初期の女性にあんまりそういう要求をしちゃいけないのよ」

「いったいどうして、おまえがそんなことを知ってるんだ?」

ラフは娘のみごとな切りかえしに顔をしかめる。ケイトはからかうように父を見てから、ブリナに共犯めいた笑顔を向けた。

「もうすぐこの家に赤ちゃんが生まれるおかげで、パパにもわたしはもう赤ちゃんじゃないってことがわかったのかもしれないけど……。さあ、急いで階下におりてきて、パパ。わたし、プレゼントを開けたいのよ」

ケイトはクリスマス・ツリーの下のプレゼントを思いうかべたらしく、大人っぽい気取りもやめて、あわただしく階下におりていった。

「ケイトのやつ、一人前の大人だと言ったとたんに、また八歳の子供に送戻りだ」

「プレゼントを開けるのは楽しみなものよ」

「きみもか? それで思いだしたんだが、きみはこの六カ月のあいだ、なんといっても、ぼくにプレゼントを贈らせてくれなかったな」

「それは、わたしが愛人で、あなたの奥さんじゃなかったからよ」

「きみを愛人と考えたことはなかったぞ。愛人というのはある種の依存関係を意味するが、ぼくらはそれぞれに独立した生活を続けていた。だから恋人同士だったのに。ぼくのほうは、きみがぼくにプレゼントを買ってくれても反対はしなかったはずだがね。それどころか、歓迎したんじゃなかったかな——ベッドをともにしているとき以外にも、きみがぼくのことを考えてくれてるって証拠だもの」

「ラフ、お願い、そんなことで言い争うのはやめましょう……」

「よすよ」ラフはブリナにキスした。「ハッピー・クリスマス、ミセス・ギャラハ」

「ハッピー・クリスマス」

ほとんど答えるまもなくラフの唇が唇をふさぐ。この何日かラフの冷たいよそよそしさをいやというほど味わわされてきたので、ブリナの唇はラフの唇の官能的な動きに、太陽に向かってほころびる花のように開いた。両腕をラフのうなじにまわして引きよせ、激しい欲望のままにラフの情熱に応(こた)える。

「パパ、知らないの？　妊娠初期の女性には特に優しくしなきゃいけないんだよ」心配そうにポールが叫んだ。ラフとブリナがびっくりしてふりかえると、ポールはまっ赤に頬を染めて言い添えた。「ま、気をつけてください。ぼく、どこかで読んだことがあるんです」

ラフは小さくうめいて仰向けになり、しわくちゃなパジャマの上にローブをはおった息子をにらみつけた。

「ぼくはただ、ブリナにキスしていたのであって、愛しあっていたわけじゃないぞ。おまえやケイトが声もかけずに飛びこんでくるのに、そんなことをするチャンスがあるか？」

「ちゃんとノックはしたよ、でも……」

「ぼくらには聞こえなかった」父親はうんざりしたように認める。「ぼくらはハネムーン中なんだぞ、ポール」

「わかってますよ、だからごめんなさい。でもすぐ階下におりてこないと、ケイトがみんなのプレゼントを開けてしまうんだよ！」

義理の息子が出ていくと、ブリナは優しい笑い声をあげた。

「ケイトやポールはとても大人びてるのに、クリスマスにかぎって子供に逆戻りした印象を受けるのはなぜかしら？」

「たぶん、じっさいに逆戻りしたんだよ」ラフは掛け布団をはねのけてベッドから出ると、無造作に部屋を横切り、黒いバスローブに手を伸ばす。「それに、ケイトがみんなのプレゼントを開けてしまうっていうのは、ポールの冗談じゃないんだ。いつだったかジョシーと階下におりていったら、ケイトがポールのプレゼントまで開けかけていた。自分のプレゼントはもちろん、両親のプレゼントもとっくに開けたあげくにだよ。ふたりがけんかをはじめないうちに、ぼくらも階下におりたほうがいいな」

先週末に全員で飾りつけた三メートルのツリーの下のプレゼントにケイトとポールが手を突っこむのを見ていると、このふたりと自分の赤ちゃんとのあいだにさして年の差があるとも思えない。ふたりは金時計を受けとったように夢中で、ブリナとラフが選んだささやかな贈り物を喜び、新しい祖父母から贈られた図書券に心からの感謝を示した。

ブリナはわざと目立たないところにさがって、新しい家族と自分の両親との親しい触れあいを眺め、皆が打ちとけていることにことばにならないほどほっとしていた。ケイトからふいにひざの上に包みの山をのせられて、はっとする。

両親からのプレゼントは、バス・オイルからボディ・ローションまでそろったブリナのお気に入りの香りのセット。ケイトからは妊娠とお産に関する本が数冊。ポールから贈られた大きな箱からは妊婦用のナイトガウンが出てきた。ポールはちょっと照れて、急いで言った。

「ケイトが選ぶのを手伝ってくれたんだ」

「つまり、わたしに買いに行かせて、あとで〝いいだろう〟と言っただけなの！」

ケイトはにやっと笑い、ポールは妹をにらみつけた。

「ぼくは本にしたかったのに、おまえが本にするってゆずらなかったせいじゃないか、だから……」

「どちらのプレゼントもとてもうれしいわ。ありがとう」

ブリナはふたりの頬にキスする。

「今度はぼくの番だな」

ラフがてのひらに小さな包みをのせてくれる。ブリナは眉根を寄せてラフを見あげた。

「でも、あなたからはたくさんいただいてるわ、ネックレスや……」

「あれはウエディング・プレゼントだよ。それに、きみからクリスマス・プレゼントをもらったしね」

ブリナが贈った彫刻を、ラフはことのほか気に入ってくれた。無名の彫刻家の作品だけれど、この彫刻家はいつの日か認められるとふたりの意見は一致していた。不運にも、偉大な芸術家の例にもれず、死後ということになるかもしれないけれど。

包みをほどくブリナの手がわずかに震えた。小箱からもっと小さな箱が出てくる。蓋を開けると指輪が現れ、ブリナははっと息をのんだ。箱の大きさを見たときにちらっと頭をかすめた婚約指輪ではなく、細い金の台にダイヤモンドが一文字に七つ並んだエタニティ・リングだった。ブリナはもの問いたげにラフを見あげる。が、彼の表情は読めなかった。

「すてきだわ、パパ！」

ケイトが夢中で声をあげた。美しいだけでなく、ラフが昨日ブリナの指にはめた結婚指輪と同様に、ぴったり指に合う。ブリナは贈り物の意味がわからないまま、まだラフを見あげていた。

「きれいだわ、ラフ。ありがとう」

「気に入ってくれてよかった。さて、ぼくの両親が来る前に、着替えをして朝食をとろう。教会へ行かなくちゃならないから」

自分でもそうしたかったし、両親も同じ気持だとわかっていたので、ブリナはせめてクリスマスだけでも母といっしょに料理をつくっていいかとラフにたずねてみた——家政婦だってケント州にいる妹といっしょにすごしたいにきまっているのだから。

驚いたことに、ラフもあっさり賛成してくれたから、和気あいあいとした雰囲気はますます広がり、四人の男性は居間で語りあい、四人の女性は楽しそうに笑いながら食事の支度をした。

クリスマスはブリナが自分の家ですごしたのと同じように、喜びと笑いのうちにすぎていった。七面鳥のついた遅い昼食、暖炉を囲んでの語らい。そしてラフは、夕食の支度は子供たちと自分が引きうけるから、あとのひとたちはおしゃべりを楽しむようにと言い張った。

ただひとつ、申しぶんのない一日に傷をつけた小さな出来事があった。夕食が終わって後片づけをしていると、ケイトがふいに眉を寄せた。

「すっかり興奮していて、たったいま気がついたんだけど、コートおじさんが見えなかったわね」

冷たい、噛みつきそうな怒りが、ラフの目にきらめいた。が、すぐさま表情を消すと肩をすくめた。

「コートはほかに約束があってね」

「だって、毎年クリスマスはわたしたちといっしょにすごすのに」

「二十年もくりかえしたら、コートにだって気分を変える権利があるとは思わないか?」

「でもね……」

「ケイト、コートの友達はぼくらだけじゃないんだぞ」

娘のことばをさえぎったラフの口調には、それ以上話しあうことを拒むものがあった。ケイトはむっつりし、ラフはきっぱりとして、話題は打ち切られた。まるで見当もつかないとはいえ、ブリナにはふたりの男性の不仲の原因は自分にあり、コート自身、もはや友人の家で歓迎されないと感じているらしいことだけははっきりわかる。

自分が何をしたのかわからないけれど、ブリナはなんとなく罪の意識を感じ、その小さな出来事のせいで、それからの時間はちょっぴり損なわれてしまった。ケイトは父の再婚とコートが今日現れなかったことを結びつけ、そのせいでわたしに反感をもったりしないかしら? ケイトにはそんなそぶりは見えないけれど、おちつかない気分に変わりはない。

そんなブリナの気持をいくらかでも救ってくれたのは、ラフの母親のことばだった。

「こんなに楽しいクリスマスは生まれてはじめてよ」

頬に別れのキスをしてほほえみながら言ってくれた。背が高い女性で、温かいブルーの瞳を見るまでは、ラフと同じくらい圧倒的な感じだったけれど。ラフのグレイの瞳は、長身でいまなおハンサムな父親ゆずりだ。実業界を引退するまで隠然たる力の持ち主であったラフの父も、優しく別れのキスをしてくれた。

「楽しかったよ、ブリナ」

昨日の夜は疲れきっていたので、ベッドの取り決めも気にならなかったけれど、今夜は疲れてはいても、そのことばかり意識しながら、ブリナはナイトガウンをもってバスルームに向かった。

今日は誰ひとりラフとわたしのあいだの緊張に気づかなかったのはたしかだけれど、それもラフのおかげだわ。わたしに気づまりな思いをさせないように、ちゃんと気を遣ってくれたもの。

それはただ自分の子供を気遣っていただけかしら、それとも本当にわたしのことを思ってくれたからかしら？　答えはあまりにも明白で……心が痛む。

ベッドに横になって眠ったふりをしていると、ラフがバスルームから現れてベッドの隣に入った。ブリナのほうを向いて、昨夜と同じようにわがもの顔に片手をおなかの上に置く。ブリナは熱いうずきにぞくっと体を震わせた。

「寒いのか?」

ラフがぶっきらぼうにたずねる。とんでもない、わたしは燃えているのよ！　ますます震え、呼吸も乱れて、おちつきなさいと命令しても体はまったく従おうとしない。こんなにラフを求めているのに、どうしておちつけよう！

「ぼくを求めているのか、ブリナ?」

イエスと答えることは、プライドを完全に捨て、お慈悲のラヴメイキングを受けることだわ。そんなまねができるものですか。

「前の奥さんの妊娠であなたはよくご存じだと思うけれど、妊娠中の女性って、しょっちゅう……感情が高ぶるものなの」

「欲望が高まるって意味だろう。言ったはずだぞ、ブリナ、きみからぼくに頼みさえすればいいんだ」

ブリナは心の痛みに目を閉じ、歯をくいしばって、ラフに愛してほしいと懇願したい衝動に耐えた。

「本当に、ほんとにそんな気分じゃないのよ、ラフ」ブリナは嘘をつく。うずきはいっこうに薄らがないので、だしぬけに話題を変えた。「コートに、今日は来ないようにって、あなたからおっしゃったの?」

リズミカルに腹部を撫でていた手が一瞬とまった。

「いや、コート自身が来ないと決めたんだ」

「昨日のことが原因?」

「ほかにもある」

「ほかにもって、何が?」

「いまはその話はごめんだな」

ラフは手を離して仰向けになった。官能を酔わせる手がなくなればラフに面と向かうことができる。ラフは眠ろうともしないで、両目を開けたまま天井をにらみつけていた。

「わたしには重要なことなのよ、ラフ」

「そうだろうとも!」

「あなたとコートのいさかいに、わたしがすこしでもかかわりがあると思ったら、ケイトとポールに反感をもたれてしまうわ」

「ケイトやポールの意見は、きみにもたしかに重要だろうな」

「もちろんよ。それに、なんの理由もなく、あなたとコートの不和の原因にはなりたくないわ」

「なんの理由もなくだと?」ラフはいきなり上体を起こす。体のあらゆる線が怒りにこわばり、昼間の優しさはみごとに消えていた。「きみは、ぼくらの結婚式でコートとの関係を見せびらかしておいて、ぼくがなんの仕返しもせずに受け入れるとでも思うのか？」

信じられないと言わんばかりの口調にも……激しい怒りがこもっていた。耳ががんがん鳴って、頭がくらくらしてくる。コートとの関係ですって……？　まさか本気じゃないでしょう？

しかし、ラフは乱暴にベッドサイドの明かりをつけた。表情には冷ややかな怒りがあって、ラフが本気だとわかった。でも、なぜ？

「ラフ、わたしはすでにあなたとベッドをともにしていたのに、なんだってコートとも関係をもつの？」

「たしかに愛人に対して不実だなんて、少々ユニークだがね」

「しかも事実じゃないわ。いったい、何が原因でそんな邪推をなさるの？　わたしは……」

「ただの邪推じゃないぞ、ブリナ。証拠がある」

ふいにブリナはことばを失った。ひょっとして眠っているとは知らずに眠りに落ち、悪夢を見ているんじゃないかしら？　でも、つねってみると痛いから夢ではない。

「どんな証拠？」

「きみたちはいっしょに昼食を食べているところを目撃されている。ふたりっきりのくつろいだ夕食をとっているところも……」

「そのことなら、あなたに話したはずよ」

「全部ではなかった」

「たいてい話してあるわ」罪の意識に頬が染まる。ラフに仕事の話から締めだされるのがどんな感じか思い知らせようとして、こちらも仕事の話はラフにはすまいと決心しただけなのに、それが裏目に出たなんて。「とにかく仕事上の会食よ」

「コートとの契約は何週間も前に終わってるぞ」

「もう一度、コートにうちのモデルを何人か使ってもらおうと思って」

「もちろんそうだろうともさ」

あきらかに疑っている口調だった。

「でも、本当なのよ！　あの……コートにきいてみたらどう？」

「もちろん、コートはきみとの情事を否定している」

「ほらごらんなさい……」

「もちろん、否定するにきまってるさ。でもいまでは、きみはぼくと結婚し、ぼくの子供を産もうとしているんだから、ぼくだってこれ以上知らないそぶりをするつもりはないぞ」

「もしわたしたちがあなたに隠れて情事にふけっていたと本気で信じているのなら、この子がコートの子供じゃないってどうしてわかるの？」

ブリナは挑むように言いかえす。思いがけない言いがかりに傷つき、すっかり混乱していた。

「それだけは、ぼくには確信がもてるんだ」ラフは冷ややかにブリナを見やって、ベッドからおりた。「だってコートには子種がないんだから！」

顔からさっと血が引いたにちがいないとブリナは思った。自分自身、子供が授からないと信じこんでいただけに、コートの苦しみを考えることさえ耐えられない――とはいえラフに関するかぎり、ただひとつ確信できるのは子供の父親であることだけという思いこみを変えてはくれない。

だからこそ、ラフは脅すように結婚を迫ったんだわ。コートが子供をつくれない体だと知っているものだから、コートがわたしの妊娠を知ったらそれこそ有頂天になってわたしと結婚すると思いこんだのだろう。ラフがコートに赤ちゃんのことを話さなかった理由もおそらくそのせいなんだわ。

なんてことなの、わたしとコートが関係があると思いこんだのが、この二カ月ラフがわたしに冷たかった理由だなんて。そのせいで、コートのパーティでラフはローズマリーに言いよってわたしを傷つけ、そのあとであんなに激しくわたしを抱いたというわけなの？

もしそうだとしたら、ラフはわたしに飽きたのではさらさらなくて、わたしがラフに対して不貞を働いていると思いこんだためだったのかしら？

はっとしてブリナは目を丸くしながらラフを見やり、彼が着替えの最中なのにはじめて気づいた。細い腰と脚にぴったり合った黒いズボンをはき、クリーム色のシャツをはおったところだ。

「どこにいらっしゃるの?」

ブリナはうろたえてたずねた。まさか、いま出ていくんじゃないでしょうね。もっと話しあおうともしないで出ていっちゃいけないわ!

「外だ」

「でも……」

「心配するな、ブリナ、朝までには帰ってくる」嘲(あざけ)るように言い添える。「それに明日の夜までには、きみが自分のベッドで眠れるうまい口実も考えておいてやるよ!」

「ラフ、わたしたち、話しあわなくちゃ……」

「そんなことをしても、もう手遅れだ」耳ざわりな声で言うと、シャツの裾(すそ)をズボンにたくしこむ。「きみが、つぎの恋人はコートだと決めた瞬間に、手遅れとなっていたのさ!」

「でも、わたしはそんなこと決めてないわ……」

「やつはぼくと同じように経験豊かだったか、ブリナ? つまり〝上手だった〟のか?」冷たくたずね、吐き捨てるように自分で答える。「もちろん、上手だったさ。だがな、どんな男にでも、たとえかつてはぼくが友人と呼んだ男であっても、自分の子だとわかっている子供を育てさせるわけにはいかん！」

「ラフ！」戸口に向かうラフに呼びかける。「ラフ、そんなこと嘘よ、まっ赤な嘘だわ！」

「言っただろう、きみたちはいっしょのところを見られてるんだ」軽蔑（けいべつ）しきった口調だった。「それに女がベッドで変われば、このぼくにわからないとでも思っているのか？　ぼくは昔、夫以外の男を好きになった妻をもったことがあるんでね、当然わかるってわけだ！」

「もしわたしが変わったのなら、それは……」

「うん？」

「あなたが変わったせいよ」ブリナもかっとなって立ちあがった。「そうよ、変わったのはあなたよ。わたしに飽きたんだと思ったわ。まさか……」

「きみのことだ、ぼくらの情事が終わったときのために、別の恋人を確保したんだろうよ」吐き捨てるように言う。「どうした、ブリナ？　〝セックスの歓（よろこ）び〟を知ったいま、ぼくの代わりを見つける期間でさえ、きみはセックスなしですませられないんじゃないのか？」

「何もかもねじ曲げて、あなたのよこしまな言いがかりに合わせるようなまねはしないで。すべては誤解よ。コートはわたしの恋人じゃないし、この先もけっしてわたしの恋人にはならないわ！」

「過去はぼくにもどうしようもないが、未来についてはきみの言うとおりだ。これから先、どんな男であろうと、ぼく以外の男にはきみを抱かせない。そうなると、きみがどんなにセックスが好きかわかっているから、きみが抱いてくれと懇願する日も遠くはないと期待してるぞ！」

皆を起こさないように音もたてずに、それでいて力まかせにラフがうしろ手に閉めたドアを、ブリナはまじまじと見ていた。わたしに対する言いがかりを、ラフはすべて本気で信じているのかしら？　もちろん信じているんだわ。でなければ、あんなふうにふるまうはずがないもの。

コートとわたしが？　よくもそんな見当はずれな結論にゆきついたものね。たしかにコートとわたしは友達だし、コートはきりもなくわたしをくどきはしたけれど、でもそれは、コートは知りあった女性をすべてくどくってだけのことなのに。

証拠があるとラフは言ったけれど、まさか仕事の打ちあわせをした二、三回の食事を証拠に数えあげるわけにはいかないでしょう？　でもラフは証拠をつかんだと思ってるわ。そしてわたしには、そこまでの思いこみを変えることばなど何ひとつ思いつかない。

ラフが赤ちゃんのことを知ってわたしに結婚を強いたときから、ラフの冷ややかな無関心が憎悪に変わったのもなんのふしぎもない。いまはただ、その憎悪も……憎悪を抱くようになった理由も、ラフは隠そうともしなくなったというだけのことだ。

7

クリスマス休暇が終わってまた仕事に戻れるのが、ブリナにはうれしかった。うっとうしいラフとの生活から逃げられる。約束どおりラフはブリナと寝室を別にするようになったけれど、だしぬけに冷たくなった夫婦仲をいぶかるひとがいるかもしれないのに、傲慢にも何ひとつ説明しようとしなかった。

ブリナの両親はスコットランドに帰り、ポールは自分のアパートメントに戻った。ブリナはブレンダのところに引っ越すケイトを手伝ったものの、やはり引っ越しが望ましいことかどうか気にかかった。けれどもラフは、娘のことであろうとなんであろうと、ブリナと話しあう気はないという態度を露骨に見せた。

ふたりは挙式後の十日間を赤の他人同士のように暮らし、いまでは夕食のときでさえ、優しい会話を交わそうともしない。それどころか、夕食の席であまりにも緊張するものだから、ブリナは終わりのふた晩はトレイを寝室に運ばせるしまつだった。ブリナの知るかぎり、ラフはブリナがいないことに気づきもしなかった。

「ミスター・コート・スティーヴンズに電話を入れてちょうだい、ギリ」

休暇開けの日、ブリナはオフィスに入るとすぐ命じた。デスクに置かれた郵便物にさっと目を通しながら、電話がつながるのを待つ。ラフに言いがかりをつけられてからずっとコートと話したいと思っていたけれど、館（やかた）から電話をかけるところをラフに見つかりでもしたら……それ以上のごたごたはごめんだった。電話のベルに、ブリナはさっと受話器を取った。

「コート？」

「ブリナかい？」

コートはブリナから電話がかかったことが意外だったらしい。もっともラフがコートに同じような言いがかりをつけていたら、なんのふしぎもないけれど。ブリナは前置きなしに言った。

「コート、どうしても話したいことがあるの」

「おいおい、ラフが想像をたくましくして、きみを動転させたんじゃあるまいね？」

「わたし、何もかもが想像だって、ラフに納得させられなくて」

何日も緊張が続いたあとなので、ブリナは泣きだしたい気分だった。

「ブリナ、ラフは……きみにけがをさせたりしなかったろうね？」

「もちろんそんなことはないわ。わたし、ただわたしの気持をわかってくださるひとと話したいだけなの」

「それならよかった」コートはあきらかにほっとして言った。「いいよ、ブリナ、昼食はどう?」

ふたりはレストランで会う約束をして電話を切った。クリスマスと新年の長い休暇のあとで、することはいっぱいある。目のまわるような午前中の忙しさは、ブリナにはありがたかった。

いっしょにテーブルにつくと、コートは探るようなまなざしを向けた。

「妊娠した女性は輝くばかりに美しいと言われるものときみは思ってるだろうが、ちっとも元気そうに見えないぞ、ブリナ」

コートは眉をひそめる。そのとおりね、とブリナは思った。なかなか眠れないし、まったく食欲もない。そのせいで髪にもつやがなく、目の下には隈(くま)までできていた。体重が減っているのに胎児は成長しているから、おなかはかなり目立つ状態になり、ゆったりした服でも隠すのはむずかしかった。

「ラフのせいよ。わたしとあなたが愛人同士だっていうばかげた思いこみのせいなの」

接客係が飲み物の注文をきいたのにブリナは首をふってため息をもらし、いらだたしげに指先でテーブルクロスをもてあそぶ。

「ラフは、いつその話をもちだした?」

「家族といっしょにクリスマスをすごして、ベッドに入ったときよ。ラフは……」

「ラフのことだ、すくなくとも初夜の権利を要求してから、そのあとできみに言い渡したんだな！」

いかにもうんざりした言いかただった。

「そんなことないわ！　つまり、わたしたちは何もしなかったの」ブリナは赤くなって訂正する。「わたしたち、ちゃんと取り決めをしたってこと、ご存じでしょ……」

「新婚のカップルが初夜にも愛しあわないなんて項目を含む取り決めって、いったいどんなものだ？」

コートはあきれてたずねる。ブリナはため息をついた。

「父親は、まだ生まれてもいない子供に対して完全な権利を要求するっていうたぐいよ」

「それじゃ、ラフがきみと結婚した理由は、それだけなのか？」

「それだけよ」

コートは椅子の背に寄りかかり、腹立たしげにため息をついた。

「養育権を裁判で争ったほうが、きみのためにはよかったんじゃないのか」

「だからラフは急いで結婚したんだと思うの。そしてわたしが妻になるまで、わたしとあなたへの疑惑を口にしなかったんだと思うのよ」

「ばかな男だな！　いったいなぜ、ラフはきみとの関係を避けるようなまねをするんだ？」

ブリナは首を横にふった。

「ラフは証拠を握ってるって言うのよ。あなたといっしょに食事してるところを見つかったじゃないかって」

「あれは仕事で会ってたんじゃないか」

「わたしもそう言ったのよ、だけど……」

「あいつは信じなかった」コートは吐き捨てるように言う。「結婚式の日にぼくに疑惑をぶちまけたのはたしかだが、まさかそんなことできみまで不幸にしてるとは思わなかったな。知っていたら、いくら歓迎されなくてもクリスマスに訪ねていったのに」

「そんなことをしたら、ラフはあなたをほうりだしてたでしょうね。文字どおりにね。でもケイトはあなたのことをたずねていたわ……」

「ケイトには会った」

「あら、そう？」

ブリナはびっくりしてコートを見つめる。ケイトは三日前に夕食に来たのに、コートに会ったそぶりさえ見せなかった。

「ケイトから電話があってね、昨日の夜、いっしょに食事をした。そんなに心配そうな顔をするなよ、ブリナ。ラフはもうぼくなんかとつきあいたくないかもしれないが、ぼくはあの子たちとは長いつきあいでね、ときどき自分の子供みたいに感じるくらいだもの」

コートが子供をつくれないことは知っていたので、親友の子供たちに対する彼の気持が、ブリナには痛いほどわかった。

「あの子たちもあなたが大好きよ」

コートはうれしそうにほほえむ。

「ケイトはアパート暮らしを楽しんでるよ」

「ラフは賛成してるわけじゃないの。ただ、わたしたちが同じ家にいながら別々に暮らしているのをケイトに気づかれないために許しただけ」

「ばかなやつ！　いったいあいつはどうなっちまったんだ？」

「わからないわ。すべては、ラフが何かの理由であなたとわたしが愛人同士だと思いこんでることにはじまるらしいんだけど」

「やつをよく知らなかったら、嫉妬してるだけだと片づけるところだが」

「そんなことはありえないわ！　赤ちゃんさえできなければ、いまごろわたしなんか忘れられてたでしょうよ」

「ふうむ……あいつがジョシーとずっといっしょにいたのは、子供たちのためだったからな」

「そうなのよ。ラフはまた愛のない結婚生活を送るつもりでいるんだわ」

「ラフがきみに愛人を許すとは思えないがね」

「あなたはラフとジョシーの関係をご存じなの？」

「ふたりとも愛人をもっていたってことかい？　ケイトとポール以外、誰もが知ってたんじゃないかな。ラフがまた形だけの結婚に甘んじるなんて、ぼくにはとても信じられないがね」

「何かに甘んじるなんて問題じゃないのよ。ラフは子供がほしいの。わたしも同じよ」

「きみはあいつを愛しているんだろう？　もちろん愛してるよね。でなきゃ、結婚するはずはない」

「信じてちょうだい、コート、もしわたしに選択の余地があったら、絶対にラフの妻にはならなかったわ。でも、わたしが承諾しなかったら、子供を取りあげるって彼が脅迫したから……」

「やあ、ダーリン」おちついたさりげない声にブリナがぎょっとして目をあげると、冷たい怒りをたたえた夫のまなざしがあった。「ぼくもここに来るつもりだって言ってあっただろう？」

ラフは軽く言い添えた。最後のことばは周囲のひとたちに聞かせるためだとブリナも気づいた。ラフは妻が自分に内緒で別の男性と食事をしていると、誰にも思われたくないんだわ。

どうしよう、ラフはわたしとコートの会話をどの程度立ち聞きしたのかしら。あの目つきからすると、ラフと結婚するほかなかったというあたりからかしら。コートはブリナの手を放し、椅子にゆったりと座りなおして気持を静め、礼儀正しく誘った。

「きみも、いっしょにどうだい？」

「あいにく仕事仲間といっしょでね。それでなきゃもちろん同席して、すばらしい会話の続きを聞く以上に楽しいことはないと思うんだが！」

ブリナは思わず唾をのんだ。ラフはやっぱり、わたしが結婚を後悔していると言った部分を聞いてしまったんだわ。でも、わたしを悩ませているのは結婚をむりじいされたことで、ラフを夫にしたことではないと、ちゃんと聞きとってくれたようには見えない。

「騒ぎを起こすなよ、ラフ……」

「おやおや、ぼくはこれでも自分を抑えているんだぞ」ラフはコートをにらみつける。

「騒ぎを起こしたければ、レストランに入ってきみたちを見つけたとたんに、きみの顔を殴りつけて自分の妻を取り戻してたさ！」

コートの唇が嘲るようにゆがんだ。

「ぼくのほうが気が短いってことになってたんじゃなかったかな！」

「ぼくらはみんな、ブリナのおなかにいるのがぼくの子供だと知ってるんだ。しかもブリナには、またきみと会えばどうなるか警告しておいたのに！」

ブリナは秘められた脅しにまっ蒼になった。

「ただの昼食よ、ラフ……」

「新婚十日目の妻が、ぼくの親友と見なされている男と昼食か!」周囲の目があるために楽しそうな表情こそしているけれど、ラフはこぶしを両脇で握りしめていた。「たいていのひとたちは、新婚の床は冷める暇もないと言うだろうさ!」

「ぼくが聞いたところでは、その新婚の床が温まってさえいないという話だが!」コートは怒りもあらわに挑みかかり、はっと息をのんだブリナをすまなさそうにふりかえった。

「すまない、ブリナ、でも……」

「そんなことなら簡単に取りかえしがつく」ラフは吐き捨てるように切りかえす。「今夜からはじめよう!」

「ラフ、本気じゃないんでしょう?」

ラフを見あげるブリナのまなざしは苦しげだった。怒りにかられて愛されるなんて、お慈悲で愛されるよりもっとひどい。

「おや、本気じゃないと思うのか?」いやでたまらないと言わんばかりの目つきでブリナを見かえす。「本気か本気でないか、いまにわかる!」

ブリナは、レストランのなかを横切っていっしょに来た仕事仲間に合流するラフを見守った。ブリナの知らない三人の男性と、スチュアート・ヒリアだ。

「信じられないな」コートが茫然として言う。「あんなラフを見たのははじめてだ」

ブリナにしても、数分前のラフほど怒り狂ったひとは見たことがなかった。九日前の夜よりいっそうひどく、そのあとの日々よりさらに悪い。ラフは完全に自制心を失っているんだわ！

心配そうにコートが言った。

「ラフは暴力をふるわないってきみは言ったね」

「暴力はふるわないわ……いままでのところは」もはやたしかではないと気づいて、ブリナは言いなおす。「ああコート、わたし、どうしたらいいの？」

「家に帰るのはよせよ」コートはブリナの両手を握りしめる。「ぼくのアパートなら使っていない寝室がある。ぼくらは……」

「あなたの家には泊まれないわ。ラフのようすでは、ふたりとも殺されかねないもの！」

「だからこそ、きみは家に帰っちゃいけないんじゃないか！」

ブリナは頭を左右にふる。

「ラフはわたしを傷つけたりしないわ」

「さっきはそうも思えなかったぞ」

ほんとに！　ラフはまるで素手でわたしを絞め殺しかねないように見えた。

「家に帰るころには、ラフの怒りもおさまってるはずよ」ブリナは自分が感じているよりもきっぱりと、自信ありげに答えた。「それなら話しあえるわ」

　コートはまだ心配そうだ。

「きみにそれほど確信があるのなら、大丈夫だろうが……」

「もちろんよ」軽く話を打ち切ったものの、ブリナはレストランの反対側にいるラフを意識しないではいられなかった。ラフはわざとコートとブリナを無視しているが、ブリナのあらゆる動きに気を配っていることは疑いの余地もない。「けっきょく、わたし、お昼も食べる気がなくなったみたい……」

「きみも赤ちゃんも、ちゃんと食べなくちゃ。ラフがきみを無視しているように、きみも彼を無視するんだよ」

　ブリナはコートになだめすかされて、すこし料理を口に運んだ。しばらくして席を立つと、五人の男性はまだテーブルについていた。ブリナはわざと顔をそむけ、コートはそっけなく頭をさげて別れの合図をした。外に出たとたん、ブリナはまた震えだす。

「ごめんなさい、あなたまでこんなばかげた事態に巻きこんでしまって。ラフに分別をもたせることなんか、わたしにはとてもできそうにないわ」

「ふうむ。ぼくはまだ嫉妬説を捨てきれないな。いいかい、ラフって男は……」

「わたしはそうは思わないわ。嫉妬している男性は、憎しみの目で女性を見たりはしないものよ」

「そうかもしれん。でもラフがきみになんの感情ももっていないのなら、きみが仕事上の会食だと言ったとき、ラフはどうして信じなかったんだ？」

「すぐラフに話さなかったせいなの。自分の仕事についてラフに話さなかった時期がしばらくあったから。あなたもご存じでしょ。ラフは仕事の話となるといつもわたしを締めだしたわ。だから、わたしが仕事の話をラフにしなくなったら、どんなにわたしが疎外感を抱いているかラフにもわかって、すこしは心を開いてくれるんじゃないかと思ったの」

「やれやれ」コートは目を閉じた。「ぼくがそうしろと忠告したんだっけ」

「そうよ」

ふたりは、ブリナがラフとつきあうようになってから、仲のいい友人同士になっていた。そしてコートが自分よりはるかにラフのことをよく知っていると気づいてからは、ブリナはしょっちゅう相談をもちかけていたのだ。

「今後は自分の意見を軽率に口にしないすべを学ぶことにする」

「あれはまっとうな忠告だったわ」

「残念ながら、あの忠告がうまく運ぶためには、問題の男がきみを愛し、きみの感情に敏感になっているって条件がつく」コートは後悔して顔をゆがめる。「また話し相手がほしくなったら、電話してくれ」

その夜、ラフは夕食までに帰宅しなかったし、遅くなるという電話も入らず、ブリナをもの思いに沈ませた——ラフはどこに行ったのかしら、誰といっしょなの？

危険なきらめきをうかべた銀色の目が心にくっきりとうかぶ。ラフは別の女性といっしょなのだとはっきりわかった。たぶん、喜んで待ちうけているローズマリー・チャーターと！ あのひとが結婚式でわたしに投げかけたまなざしといったら、悪意に満ちていたもの。いまごろはさぞかしほくそえんでいるにちがいない。

ブリナはその夜、怒りと絶望のあいだを行きつ戻りつしながら、階下の居間でラフの帰りを待った。十一時をすぎても帰ってこないので、ベッドに入ったほうがいいと考えなおした――今夜中には帰りそうにないわ。

自分の部屋に入って二分もたたないうちに、玄関のドアが開いて、そのあとでばたんと閉まる音がし、階段をかけあがってくる足音が聞こえた。憤りと不安の入りまじったまなざしでふりむくと、ドアがぱっと開いた。

ブリナはちょうどボタンをはずしたところで、ドレスの前がはだけていた。ゆっくりドアを閉めるラフの顔は赤黒く、目にはいまもなお危険なきらめきがあった。

「これはいい。ちょうどフロア・ショーにまにあったじゃないか」

ラフは嘲るように言ってドアに寄りかかり、目を細めて両腕を組む。ブリナはドレスの前をかきあわせながら鋭く切りかえした。

「ショーをごらんになりたければ、ストリップ劇場にいらっしゃることね！」

「ぼくの知らない女が満員の客の前で衣装を脱ぐのを眺めるなんて、思っただけでも好みじゃないな。午後はどこに行ってたんだい？」

だしぬけに明るいようすになってたずねる。

「オフィスにいたわ」

なんの権利があって尋問するの？　今夜、行方がわからなかったのは、あなたのほうじゃないの！

「オフィスには何度か電話したが、きみはいなかったぞ」

「電話に出られなかっただけよ」

ブリナはラフから電話が入るたびに知らされてはいたのだけれど、ギリには忙しいから出られないと伝えるようにと言った。ギリはふしぎそうに見かえしたが、ブリナは何ひとつ説明しなかった。もし説明したりすれば、おそらく途中で泣き崩れてしまい、そして泣きだしたら最後、泣きやむすべを知らなかったにちがいない。

泣き崩れるつもりなど毛頭なかった。ブリナはラフの愛があってもなくても、自分の人生を歩むつもりだったから。不妊症だと信じていた心の傷さえ乗りこえたのだから、ラフの子供をみごもっているいまは、ラフに愛されなくても生きていける。でも、ラフがわたしを侮辱し続け、そのうえベッドの権利まで要求しても、そう言えるかどうか。

「ぼくの電話にだけ出られなかったんだな、もちろん」ラフはドアを離れてブリナに歩みよる。まなざしに読める狙（ねら）いはまぎれもなかった。「ぼくらの結婚が大失敗だったと話したくて、きみは愛人に会うのが待ちきれなかったんだな、そうだろう?」

「そんなんじゃないわ。わたしがコートに会ったのは……」

「仕事の話ってわけか?」

「いいえ、今度は違います」赤くなって、あわてて言い添える。「でも、いままではそうだったわ。今日は、あの……ただ誰かに話さずにはいられなかったの」

「そうなると、きみの愛人以上にぴったりの相手はいないわけだな? きみが忙しくて手が空かないと言ってくれるコートもきみの秘書もここにいなくて気の毒だ!」

ラフのラヴメイキングが怖いわけではない。ラフはそういう方法で女性を傷つけたりできるひとではない。恐ろしいのは、自分が反応を示してしまうことであり、反応したのをラフに知られてしまうことだった。

「浴室のドアだって、その役には立ってくれるわ」

ブリナはナイトガウンをつかむと同時にドアに走りよってなかにかけこみ、うしろ手に鍵(かぎ)をかけた。急いで反対側のドアにも鍵をかけて壁に寄りかかったものの、不安に震えはとまらなかった。ラフの力なら、こんな鍵はひと蹴(け)りで飛ばしてしまうんじゃないかしら。

あたりは静まりかえっている。ブリナはドアに歩みよって耳をすました。ふいに、ドアの向こうからラフのつぶやきが聞こえた。まるで禁固刑を言い渡す口調だった。

「生きているかぎり、毎日夜はめぐってくるんだからな」

8

脅しは効いたのに、そのあと何週間かラフは、それまで以上にブリナを避けている感じだった。いつだってブリナが朝食をとりに階下におりる前に出社していたし、めったに夕食前に帰宅せず、たまたま夕食にまにあったときでさえ書斎にトレイを運ばせた。じっさいにふたりがともにすごすのは、ブリナが産科医を訪れるときだけだった。

ラフは妊娠のあらゆる局面にかかわることをかたくなに主張し、ブリナよりもたくさんドクターに質問した。妊娠十六週目に、ブリナの胎内の走査（スキャン）があって、ふたりは胎児の動きをうっとり眺めた。小さな胎児の器官はすべて完全に形が整っていた。

「さっき、きみの顔を見ていたんだが」帰りの車のなかでラフがぶっきらぼうに言った。

「きみは心から子供を望んでいるようだな？」

幸せそうな輝きがいくらか陰り、ブリナは鋭い目でラフを見かえした。

「もちろんほしいわ！」

「そんなに身構える必要はないだろう」ラフはため息をもらした。「ぼくは腹黒くはないさ」

ブリナは窓の外を見つめ、涙をこらえる。さいわい、大勢の女性がこぼすつわりに苦しむこともなかったし、びっくりするほど健康だったけれど、感情が高ぶりやすく、ほんのわずかなことにも涙ぐんでしまう。テレビの悲しい番組とか、美しいラヴストーリーとか、公園で両親といっしょにいる幼い子供を見たりしても。ラフはくぐもった声で言った。

「ぼくらの子供を見るきみの顔は、誇りに輝いていたよ」

「奇跡ですもの」

ラフにはとうてい理解できない、感情のこもった口調で答える。もしふたりの心がもっと通いあっていたら、たぶん若いときの手術の話やその後の年月のむなしい思いも話せたでしょうに。そうすればラフだって、小さな胎児をじっさいに見てわたしが感じた驚きをわかってくれたにちがいない。けれども、いまや、ふたりはこれまでになく遠く離れた存在だった。

「ブリナ、ぼくらはもう手遅れだろうか？」

ブリナは眉根を寄せてふりかえる。ラフの目には、後悔がにじんでいた。

「どういう意味なの？」

「ぼくらは結婚して、あと半年もすれば子供が生まれる。きみはこの結婚をうまくいかせたいとは思わないかい？」

ブリナとしては結婚がうまくいくことのほかはなんの望みもないくらいだったが、ブリナが別の男性と愛人関係にあるとラフが信じているかぎり、どうすればうまくいかせられるのか見当もつかなかった。

「それじゃ、コートは?」

「きみたちに対するぼくの感じは変えられないが、きみが努力しているのはわかっている。きみはあの日レストランで会ってから、いまだにコートと会っていないんだからな」

たしかにそのとおりだ。でも、どうしてラフはそんなことまで知っているの? ふたりの男性が友情を取り戻してほしいと願いながら、ブリナは勢いこんでたずねた。

「あなた、コートと話しあったのね?」

「いや」

「それじゃ、どうして……ラフ、まさか!」ふいに胸がむかむかする。「まさか、わたしのあとをつけさせたんじゃないでしょうね?」

「妻が何をしているのか知るのに、最近では、ほかに方法はあるまい?」

「わたしにたずねてくだされぱいいじゃない」顔のない人間が自分の行動をかぎまわっていると思うだけでもいやだ。「そのひと、退屈な仕事でお金を稼げると言って喜んでくれてるといいわね。だって仕事のために家を出て、また家に戻り、そのあとは家から一歩も出ない女を見張ってるだけだなんて、いままでいちばん退屈な仕事にちがいないもの」

「ブリナ……」

「さわらないで」ラフが伸ばしてきた手をさっとよける。「車をオフィスにまわしてちょうだい。仕事が残ってるの」

「もう五時をまわったぞ……」

「それじゃ夫のまねをして残業にするわ」皮肉に切りかえす。ラフが遅く帰宅した夜、残業などしていなかったのはまちがいない。このところ、いつも電話をしてきては残業を口実に使っているけれど。「あなたのいちばん新しい恋人に警告しておいたほうがいいわよ、尾行をつけるぞって」

「ぼくには恋人などいない。それに、尾行させたのはレストランで会った日からだ」

「なぜなの？　わたしを信用できなかったの？　あなたって……」

「ブリナ、きみは仕事に戻ったとたんにコートに走ったんだぞ。ぼくがどう考えると思う？」

「このところ、わたしのことなんかまるで考えてもいないくせに！」

「ブリナ」荒々しい息遣いだった。「ぼくは妻が愛人をもつという結婚生活を経験している……」

「あなたの話だと、どちらにも愛人がいたんじゃなかったの？」

「最初はそうさ。でも、そのうち、ぼくは嘘(うそ)をつくのがいやになってきてね――浮気の相手にだよ、ジョシーに対してではない。ああ、それでも欲望を感じれば女性とベッドに行ったが、いつもその場かぎりの相手で、相手もそれ以上は期待しない女性ばかりだった。ジョシーのほうはいくらかちがった。愛人ができると、そのままつきあい続けた。子供たちのために結婚も同棲(どうせい)も愛人には拒みながらだ」

「あなたがたって、ふたりとも、本当に不幸せだったのね」

「だからこそ、きみまでそんなふうにはなってほしくない。ぼくらもかつては幸せだったんだよ、ブリナ。かならずまた幸せになれるとも」

「わたしに尾行をつけて、あなた自身はことあるごとにわたしを避けておきながら！」

「ぼくが遅くまで働いていたのは、家に帰る理由がなかったからだ」ラフは静かに言う。

「でも、ぼくらはもう一度やりなおせる、今夜から……」

「それじゃ、あなたの〝雇った男〟はどうなるの？」

「やめさせるよ、ブリナ」ひざに置いたブリナの手を握りしめる。「試してみようじゃないか！」

心が動く、とても。苦い結婚生活にもかかわらず、ブリナはいまなおラフを愛していた。ふたりの心が近づけば、コートとのあいだには何もなかったとラフを納得させられるかもしれない。

「わたしだってそうしたいけど……」

「だからやってみよう！」

「でも、今度コートに会わなきゃならなくなったら、どうなるの？　わたし、コートともっと仕事をしたいと思っているのよ」

ラフのあごがこわばる。

「ぼくがそれに慣れることを学ぶしかあるまいな。きみたちのあいだには仕事以外に何もないときみが保証できるかぎり、ぼくはきみを信じよう」

「あなたはいままで、わたしを信じていなかったのよ」

ブリナは疲れた口調でラフに指摘する。こんな休戦協定を結んだところで、本当にうまくいくのかしら？　とはいえ、いまのままでは結婚生活を維持できそうにないのもたしかだった。

「ぼくのひとを信頼する能力は、この数カ月でひどく揺さぶられた、それだけのことさ。それでもなんとか対処する方法を学ぶとしよう」

傷ついたのは、わたしに対する信頼だったんだわ、わたしへの愛や欲望ではなく。それだけではとても結婚の基礎になるとは言えないけれど、そのほかにわたしたちには何があって？

「わたし、あなたといっしょでは眠れないわ、ラフ」ブリナはたじろぎもせずラフを見かえす。「いいこと、コートはわたしにとって大事な友達以上のなんでもなかったと言ったところであなたは信じないでしょうけれど、わたしは真実を知ってるわ。だから、あなたがわたしを信じてくださらないことで、あなたに対するわたしの信頼も、ひどくぐらついてしまってるのよ！」

「きみが寝室を別にしたい理由はよくわかった」ラフは大きくうなずいた。「ときがたてば、体の親密さも戻ってくるだろう。いまは、最初からやりなおそう。はじめて会った者同士のように」

「おなかの子供にも言いぶんがあると思うわよ」

ラフはからかうような微笑をうかべ、ふたりはつかのま仲間意識を分かちあった。ラフの微笑を見れば、それまで彼がどんなに緊張していたかわかる。痩せた体や目のまわりのしわは、彼もわたしと同じように不幸せだったしるしなのね。

「ほとんど他人同士のようにって言うべきだな」自嘲するように言い、ハスキーな声で言い添える。「妊娠した姿はきみによく似合うって、もう言ったかな？」

ふたりともラフがそんなことなど口にしなかったのは知っていた。おなかが目立ちはじめてから、ふたりはめったにことばを交わしたことさえなかったのだから。ラフのお世辞がうれしくて、ブリナは頰を染め、恥ずかしそうに微笑を返す――ラフの自分への信頼が試されるときが、望みもしないほど早く訪れるとは知るよしもなかった。

ふたりの関係は一夜では変わらなかった。どんなに話しあい、声をあげて笑い、いっしょの時間をすごしたところで、やはり緊張は消せなかった。それでもふたりは、そういう生活をそのあと数週間続けた。昼食をともにし、しょっちゅう夜をいっしょにすごしながら。

そのうちふたりは、いままでになく心の通いあった友達同士になった。共通点を見いだす時間もふえ、その多さに驚いたほどだ。思ってもみなかったことだが、ラフは仕事の相談までもちかけるようになった。

それでも潜在的な緊張関係は続いた。精神的な緊張というより肉体的な緊張であったけれど。ブリナはラフにさわられると、反射的に身を引いたり身震いしたりするし、ラフのほうも何かの拍子に偶然触れあうと緊張するのがわかった。ふたりは求めあっていた。いまやおたがいの欲望は、やっと築きあげた友情にも影響しかねないほどだ。

とはいえ、ケイトの招待を受けられる程度には、友達同士になれたのがありがたかった。ケイトが遅ればせながら引っ越しのディナー・パーティにふたりを招待したのだ。

「ケイトが前より料理がうまくなっていることを願うばかりだな」ケイトのアパートメントに向かう車のなかでラフが言った。「いつかライス・プディングとポテトをつくってくれたんだが、おかずはそれだけだったよ！」

ブリナは小さな笑い声をあげる。

「いくつのとき?」

「九つ。ジョシーが亡くなったあと、〝小さなママ〟の役を果たそうとしたんだね。ポールとぼくはケイトを傷つけたくないばかりに、なんとか食べたものさ」

「いまでは料理の取りあわせだって考えるわよ。みんなでクリスマス・ディナーをつくったとき、かいがいしく手伝ってくれたもの」

「そう願いたいな」ラフはブリナの右手にそっと指をからませる。「今夜のきみはすてきだよ、ブリナ」

ラフのほうこそ! 彼はいつでもハンサムだが、この数週間はとりわけハンサムな感じで、見るたびに心臓がどきどきし、唇が乾くありさまだった。イヴニング・スーツ姿のラフとなると、もう圧倒的としか言いようがない!

それにラフの褒めことばもとてもうれしい。妊娠十九週目に入ってお産まであと半分のところにさしかかったから、ウエストラインもふくらんで、いくらすてきなマタニティ・ドレスを着ても魅力的とは思えない。ラフをはじめほかのひとの目にどううつるか自信がなくなっているブリナにとって、ラフの褒めことばは何よりの支えとなる。

ブレンダの服装を見たときには、とりわけ、そう思わずにはいられなかった。長身の赤毛の娘はとても魅力的だが、それにしても胸もとのあいた黒いドレスは十八歳の娘にしては大人っぽすぎた。ケイトは父とブリナにすまなそうに顔をしかめ、飲み物を注ぎながら急いで言いわけをした。

「わたし、いまのいままで知らなかったの」

「そうだろうね」ラフは小声で言って、娘のルームメートをふりかえる。「今夜はすごく洗練された大人の女性に見えるよ、ブレンダ」

若い娘は社交辞令を上品な誘いと取って、さっそくラフとふざけはじめる。ケイトはうろたえて、まっ赤になった。ブリナはそっと声をかける。

「キッチンを手伝うわね」

「信じられないわ！」ケイトはつぶやき、最後の仕上げをするばかりの料理が置いてあるキッチンに入った。「わたし、今夜はお行儀よくしてって頼んだのよ。ブレンダだって約束してくれたのに、パパが着いて何秒もたたないうちに、もう身を投げかけていくなんて！」

「わたしなら気にしないわね。あなたのお父さまはふざけてるだけだもの」

「わ、わ、わたしたちはみんな、それくらい知ってるわよ。でもブレンダって〝ノー〟って答えがわからないひとだから」

ケイトは何週間かブレンダと同じアパートメントに暮らして、あきらかに相手の利己的な性格に目を開いたらしい。ブリナはさりげなくたずねた。

「共同生活はどう？」

「あら、ごらんのとおりよ」ケイトは顔をそむけて肩をすくめる。「なんとかやってるわ」

ふたりが居間に戻ると、ポールとポールのガールフレンドのリン、ケイトの友達のロジャー、ブレンダの今夜のお相手らしいフリップとだけ紹介された青年がいた。もっともフリップは、ブリナがいつかブレンダの寝室から出てくるのを見かけた青年とはちがっていた。

　ラフは六人の若者たちといっしょにいるのが場ちがいだと感じているらしい。ブリナさえそう感じはじめていた。と、八時ちょっと前にドアベルが鳴り、ケイトがぱっと立ちあがった。

「これでも、パパたちが監督を頼まれたつき添いみたいに感じなくてすむように気を遣ったのよ」

　ケイトは冗談めかして言ってから玄関に向かう。ブリナは遅い客にいやな予感がしたが、はたしてコートがケイトと並んで部屋に現れた。ブリナは嘆願するようにラフを見つめる。ラフが体をこわばらせたようすから、相手が出ていくか……でなければ自分が出ていくと言いだしかねなかった。ラフはわずかに目をそらし、ブリナのまなざしに出合うと、その視線を追ってケイトの上気した顔に気づき、わずかに冷ややかさを消した。

「誰が見えたと思って？」ケイトはうれしそうに笑い声をあげると、コートの腕に腕をからまして、大げさに言い添える。「コートおじさんったら、かわいそう。デートの相手が偏頭痛で来られなくなったんですって」

「いくら急だとはいえ、代わりの相手も見つけられなかったのか?」ラフがからかう。厳しい目つきには、相手を傷つけようとする意思が見てとれた。「がっかりさせるなよ、コート」

コートは挑むようにラフを見かえす。

「こんなに美しいご婦人がそろっているんだから、紳士諸君が喜んで貸してくださると思ってね!」

そのことばの含む刺に、ブリナは顔をしかめる。コートはラフのふるまいに腹を立てているし、それももっともだけれど、状況はたちまち険悪になっていった。驚いたことに、張りつめた空気をやわらげたのはケイトだった。

「わたしの隣にお座りになって、コートおじさん」

「そういうことなら〝おじさん〟は抜きにしてくれよ!」

コートはにやっと男っぽい笑みをうかべる。ロジャーが、自分のものだと言わんばかりにケイトの肩に腕をまわした。

「ケイトは隣に座っていいと言っただけですよ」

ロジャーの露骨な主張に、ケイトはまっ赤になって、ぎこちなく父親を見つめる。ブリナもラフを見やり、その目にユーモアがあるのを見てほっとした。ラフがどんなにケイトをかわいがっているか知っているので、ほかの男性がこれほどはっきり権利を主張することにラフがどう反応するか気がかりだったのだ。

でも、感じのいいロジャー・デラネイにはラフも反対ではないらしい。長身で浅黒く、温かいブルーの瞳をもった青年は、歴史の教師になるために勉強中だ。

ブリナは部屋を横切って隣にやって来るラフを、ちょっと緊張して見守った。ラフはわがもの顔にブリナの腰を抱くと、挑むようにコートを見やった。

「代わりの相手を見つけてくるべきだったな、コート。ぼくらは誰ひとり、きみに貸すつもりはないぞ」

「フリップは気にしないわよ」

ブレンダが輝くばかりの微笑をうかべてコートに体をすりよせる。フリップには気にする権利もないことが、まもなくあきらかになった。おとなしい青年で、華やかなデートの相手にすっかり幻惑されている。そのうえ、ブレンダがフリップを招待したのは数合わせのためだと、フリップ以外の誰にもわかった。ブレンダはコートがひとりで来たと知るとたちまちフリップを無視して、食事のあいだずっとコートをひとり占めにした。

ブリナはなんとかフリップを会話に引き入れようとした。ラフが不機嫌そうに黙りこんでいるので、ブリナ自身も話し相手が必要だったから。ラフはコートが同席していることに腹を立てているんだわ。それでもケイトのために口をつぐんでいるのね。うっかり口をきいたりすると祝いの席であるのも忘れて、コートを侮辱しかねないものだから。

ブリナとしては、今夜コートが同席することをあらかじめ知っていたのではないかとラフに勘ぐられないように祈るばかりだった。本当に知らなかったんだから。知っていたら、こんなに緊張する席には出なかったはずよ。わたしの血圧は上下にふれやすくて、ドクターだって気にしてるくらいだもの。

残念なのは、結婚当初の冷たい状態から、やっとここまでたどりついたのにということだった。ラフとのあいだに本当の友情が生まれ、同じ気持を分かちあうことができるようになったのに。コートと同席する夕べに我慢を強いて、そのためにすべてを失うようなまねはしたくなかった。

「すまないね」

ブリナはもの問いたげにコートを見やった。ラフがブリナのためにオレンジジュースを取りに行った短いあいだに、コートがソファーに座っていたブリナの隣に腰をおろした。

ブリナはラフが見張っていないかどうか、すばやくあたりを見まわした。おびえた目が、部屋の反対側に立っているラフの目と合ったとたん、懇願するまなざしに変わった。コートのため息が聞こえる。

「ぼくは今夜、ここに来るべきじゃなかった。きみたちも来ることは知っていたから、ぼくは来るつもりはなかったんだが、ケイトにせがまれてね」

ブリナは同情して微笑をうかべる。もしラフとの新しい関係が損なわれるのなら、もう手遅れだと思いながら。

「お元気でした？」

「ああ。きみのほうは咲き誇ったって感じだな」

「そうね」

照れくさそうに笑うブリナを、コートは探るように見つめる。

「本当に元気なのかい？　レストランで会った日からずっと心配していたんだが、きみからは二度と電話もかからなかったし……」

「必要がなかったの」

「それじゃ、きみとラフはうまくいってるんだね？」

「わたしたちとしては、可能なかぎりうまくいってるってところかしら」

「それじゃ、幸せなんだね？」

ええ、幸せよ。有頂天というような幸せではないけれど、新たに生まれたおたがいの理解は心の平安をもたらし、ラフができるかぎりつきあおうとしてくれてることでブリナは満足していた。たとえそれはブリナが心から求めている愛とは別物だとしても。

ラフが飲み物を取りに行ったまま戻らないので、ブリナは心配そうに部屋の向こう側にいる彼を見た。ラフはロジャーと話しこんでいて、こちらのふたりなど気にしてもいないように見える。とはいえブリナには、ラフが自分とコートをぴりぴりするほど意識していることがわかった。ブリナはためらわず答える。

「ええ、幸せよ」

「ふむ。そういうことなら、ぼくらに対するラフの疑惑について、ちょっと話してもかまわないかな？」

「何か新しいニュースがあるのなら、喜んでうかがいたいわ」

「まあね、あの日レストランでラフといっしょにいた男のひとりを見たとき、ぴんときたんだがね。その前にぼくらが外で食事をしたとき、二回ともあの男を見かけてるんだ。で、少々その男を調べてみると……」

「誰のこと？」

「ラフのアシスタントさ。なんて名前だったかな……そう、ヒリアだ。あの男は二度ともぼくらがいっしょにいたレストランにいたんだよ。ぼくは偶然の一致だと思っていたんだが、ぼくらが目撃されていると言ってラフはきみを責めたと言っただろう？　そうなると、ヒリアがぼくらを探っていたんじゃないかと思うんだ」

「いったい、なんだってそんなまねをするの？」

「わからん。でも、ぼくらがいっしょのところを目撃した人物となると、ヒリア以外には考えられない」

スチュアート・ヒリアが？　虫が好かないとはいえ、いくらなんでも……。ラフがわたしを尾行するように彼に命じたんじゃないかしら？　一度は尾行されたことがあるんですもの、あのときだってつけてなかったと言えて？　もちろん、ラフは、それまで尾行させたことはなかったと否定したけれど、偶然にしてはできすぎてるわ。

「ヒリアがわたしたちのことをラフに話したと、あなたは思うのね？」

コートの同情に満ちたまなざしは、ブリナが口に出せないでいることまで推測していると示していた——ラフがアシスタントにスパイを命じたことを。

「きみはそう思わないか？」

「思うわ」

ブリナは顔をそむけて涙をこらえる。この何週間かにラフと築きあげた信頼と心からの好意が、偽りの上に築かれたものだとわかったとたんに崩れていく。よりにもよって、結婚を本物にしましょうとラフに頼みたくてうずうずしていたいま、こんなことになってしまうなんて。胸がむかむかする。

「すまない、ブリナ」コートはブリナの手を握りしめる。「ぼくはただ、きみも知っておくべきだと思ったものだから」

知らせてもらってよかった。家に帰ったら、正常（ノーマル）な結婚へ第一歩を踏みだしましょうと自分からラフに言いだすつもりでいたのだから。

なんてわたしはばかだったの！　ラフはわたしの友情など求めていやしなかったんだわ。〝幸せで満ちたりた母親こそ妊娠を正常に保つ〟というドクターの忠告をひどく真剣に取って、せめてお産が終わるまで、ラフはふたりのちがいを忘れようとしていただけなんだわ。それじゃ、そのあとはどうなるの？　またあの冷たい無関心な状態に逆戻りするつもりかしら？

「さあ、ブリナ」ラフが飲み物を手に戻ってきた。わざとわたしをコートとふたりきりにしておいたくせに。わたしを試していたんだわ。ラフは眉をひそめて言い添える。「ダーリン、顔がまっ蒼だぞ」

ダーリンですって。それに、心配そうなこと。何もかも偽りのくせに！

「わたし、いますぐ家に帰りたいの、あなたさえよければ」

「もちろんいいとも」ラフは眉根を寄せてコートを見やった。「家に帰ることをケイトに断ってくる」

「ぼくがまちがってるかもしれないよ、ブリナ」もう一度ふたりきりになると、コートが力づけるように言った。「きみも言ったように、ヒリアにはあんなまねをする理由がないんじゃないか？」

ふたりともその理由はわかっていた。ラフが頼んだからだ、と。

ケイトのアパートメントに行くときに漂っていた穏やかな仲間意識は、帰りの車では消えていた。ブリナはみじめさの海に溺(おぼ)れ、ラフの心も顔つきから見ると暗いものだった。

「ケイトも、ディナー・パーティには何を出すものか、やっとわかってきたらしいじゃないか」

だしぬけにラフが沈黙を破った。車えびを添えたアヴォカドに、白ワイン・ソースをかけたチキン、そしてお菓子のトレイは、たっぷり楽しめた。

「とてもすてきだったわね」

「ロジャー・デラネイをどう思った?」

「よさそうなひとじゃない?」

「そうだね」

ブリナは緊張して、ラフがコートとの会話を問いただすのを待った。が、ラフはひとことも触れず、また黙りこむ。家に帰りつくと、ブリナは戸締まりをするラフを残して、まっすぐ階段をあがった。

何分かして、短いノックのあとでラフが寝室に入ってきても、ブリナはまったく驚かなかった。おそらく覚悟していたのかもしれない。オーヴァーを着たまま椅子に腰かけていたのだから。

「手を貸そう」

ラフはブリナを立ちあがらせ、オーヴァーを脱がせてドレスのジッパーをおろす。ブリナは逆らわなかった。ラフは探るようにブリナを見つめたまま、絹の下着を脱がせていく。

「コートは何を話して、きみをうろたえさせたんだ？」

ついに待っていた質問が出る。ブリナは裸のままラフの前に立っていたが、気にならなかった。この何週間かラフを強く意識していたのに、それもラフの偽りを前にして跡形もなく消え去った。ブリナはそっけなく答える。

「何も」

「コートは何か話したはずだぞ。やつが話しかけるまでは、きみはちゃんとしていたんだから！」

「そうだった？」

「そうとも、ちくしょう！」ラフはブリナの両腕をつかむ。「ブリナ、ぼくを見るんだ！」

ブリナはふいに重くなった瞼をあげる。ラフはいつもと同じように、傲慢なくらいハンサムで、どこからどこまでも支配的だった。それなのに出会って以来はじめて、ブリナは寒々とした思いを抱いた。

「ブリナ！」ラフはブリナの目をのぞきこみ、まったく表情がないのに気づくと、絶望にくぐもった声で言う。「きみがほしいんだよ、ブリナ。ぼくはきみがほしい！」

「あなたの勝手になさればいいわ」

「なんてことだ！」苦しそうに眉根を寄せる。「ブリナ？」

ラフはもう一度激しくブリナを揺さぶり、低くうめくと、衝動につき動かされるようにブリナの唇を奪った。心を通わせることはできなかったが、ラフはいつまでもいつまでもキスを続け、狂ったように両手で裸体を愛撫する。ブリナの防御壁はひびわれ、崩れ落ち、ついにはすっかり忘れ去られていた。

ラフの愛撫にうっとりしながらも、ブリナは自分の弱さを呪った。愛撫にわれを忘れたのはずいぶん前のことだから、体が充足を求めて叫んでいる。この男性だけが与えることのできる充足を。

ラフの手が子供を宿したおなかのふくらみに触れたとたん、ブリナは完全に力が抜けていくような気がした。子供は父親の愛撫に応えて動いている。赤ちゃんはわたしと同様に知っているんだわ――ふたりともこのひとのもので、彼は好きなようにできるのだと。だから、ラフがわたしを愛したいのなら、わたしは拒めない。わたしもラフを求めているんだもの。

ラフの体はたくましく、しかも誘うように熱くて、いつしかふたりはベッドに横たわっていた。ラフが体を重ね、ブリナは彼とひとつになった快楽にうめき声をあげる。長いあいだ離れてすごしたせいで、快楽はあっというまに去ったけれど、かつて味わったことがないほどに深かった。ようやく力が戻ると、ラフはおなかの子供を気遣って隣に横たわった。

「それじゃ、コートがなんの話できみを動転させたのか、教えてくれよ」

それくらいわかっているべきだったわ。ラフはラヴメイキングをしたところであの質問を忘れたわけでなく、先に延ばしただけだってことくらい。いくらか正気に戻ったブリナは、まっすぐラフを見つめた。

「わたしがコートと会っているのを目撃したとあなたに話したのは、スチュアート・ヒリアだったの？」

「誰が話してくれようと、どんなちがいがある？」

「わたしには問題なのよ。そうなのね？」

ブリナは上体を起こした。

「ぼくは……」

「まあ、どうしましょう！」ベッドを見おろしたとたんに、ブリナはふらっとなった。クリーム色のシーツに赤黒い大きなしみが広がっていく。「出血してるわ、ラフ。わたし、流産してしまいそう！」

9

「ドクターの話では、一週間くらい入院することになる」ラフはむっつりとして言った。「そのあとは、たぶん家に帰って静養だろうな」

ブリナは病院のベッドに横たわったまま、何ひとつこぼさなかった。赤ちゃんが無事で生まれてくれるなら、あと二十一週間の入院でも受け入れる覚悟はできている。

ブリナの当惑した叫び声を聞いて事態に気づくと、ラフは一瞬も時間をむだにしなかった。急いで服を着、ブリナをそのまま毛布にくるむと、車で病院に運んだ。

病院に着いてから二時間近くになる。そのあいだにドクターたちは出血をとめ、早産にそなえた。いまのところ、早産の気配もないし、出血もとまっている。ラフはそのあいだずっとブリナにつきっきりだった。

ブリナは恐ろしい出血に気づく寸前、ラフの目に真相を見ていた――コートと会っているのを目撃したと告げ口したのは、スチュアート・ヒリアだ、と。

「すまない」

苦悩のにじむ声にはっとして、ブリナはラフを見あげる。ラフはひどく緊張し、心の痛みに耐えているように見える。ブリナはそっけなくけりをつけた。

「もうすんだことだわ」

「ああ、そうであってほしい！」ブリナの手を握りしめる。ラフは床に脱ぎ捨てたイヴニング・スーツをあわてて着こんできたままなので、妙に現実にそぐわない感じだった。

「ベッドで愛しあったりしちゃいけなかったんだ」

別の理由でブリナも同感だった。ラフとの愛の行為ではっきりわかったのだから——どんなにラフに傷つけられようとも、彼を愛しているからわたしはノーとは言えない、と。自分にマゾヒスティックな傾向があるとは夢にも思わなかったけれど、これほどラフを愛しているなんて、やはりマゾヒストなのかもしれない。

「あのせいじゃないわ……ドクターもそうおっしゃってたもの」若いドクターの、うろたえてしまうほど立ち入った質問を思いだして、ブリナはまっ赤になった。子供をもつと、プライヴァシーなど許されないらしい。「わたしの血圧のせいなの」

ラフは首を横にふった。

「血圧は、コートに再会したから……」

「血圧があがったのは、あなたが、ほとんど知らない人間の言った嘘を、妻の真実より信じているとわかったせいよ！」

ブリナはラフのことばを怒りをこめてさえぎった。瞳が濃い紫色に変わっていた。

「いまは、そんなことを議論すべきだとは思えないが……」

「そもそも議論したってはじまらないわ。あなたはどちらが真実を話しているかとっくに結論を出しているのだし、わたしはあなたがまちがってることを知っているんですもの。どうしようもないわ。それじゃ、ドクターが休まなきゃいけないっておっしゃったから……」

ラフの頬が紅潮する。

「説明させてくれさえすれば……」

「わたし、いまは休む以外何もしちゃいけないの、そう言われたでしょ?」

「ブリナ……」ラフはため息をもらす。「ぼくは……きみのことが心配なんだ。万一きみに何かが起こったら……」

「わたしじゃなくて赤ちゃんにでしょ! でも、心配しないで、ラフ。たぶんあなたよりわたしのほうが赤ちゃんをほしいと思ってるもの」

だって、この子はおそらく、わたしのみごもる唯一の赤ちゃんなんだもの。妊娠はむずかしいと言われていたのに、こうなってもまだ体が反発しているくらいだから。

「そんなことはありえないと思うが……とにかくすこし眠るといい」ラフは身をかがめてブリナの額にキスすると、身を引こうとするブリナより先に顔をあげた。「赤ちゃんが無事であってほしい。でも、きみが妊娠しなければもっとよかったと思わずにはいられないよ」

「信じてちょうだい。わたしだって子供をみごもる可能性があると思っていたら、あなたなんかを絶対に父親には選ばなかったわ！」

かっとして叫んだとたんにブリナは後悔した。もちろんラフはわたしのことばを曲げて取り、わたしのことをもっと悪く思うにきまってるわ。自分が不妊症だと信じこんでいたなんてけっして言うつもりはなかったのに、怒りに負けてしまったなんて！　ふいにラフは静かになった。

「どういう意味だ？」

「なんでもないわ……」

「どういう意味なんだ？」

ブリナは固唾をのみ、ラフの視線をまっすぐ受けとめた。

「わたし、ティーンエイジャーのころに手術をしたの。そのとき、両親はドクターから、わたしには子供ができないだろうって言われたのよ。わたし、あなたとの情事のときにどんな避妊の用意もしていなかったわ、ラフ。だって妊娠するなんて夢にも考えなかったんですもの」

ラフはあとずさり、ベッドの横に置いてあった椅子にへなへなと座りこむ。

「たぶんぼくは、きみが子供嫌いだと思いこんでいたんだろうな。じっさいに子供といっしょに暮らすとなると、あまりにも手がかかるんだから。夢にも思わなかったよ……それよりも、子供がつくれないのはコートのほうだと……」

「そうね、コートとだったらどんなカップルになっていたことか」

「そのせいなのか……」

「なんのこと？」ふいに口ごもったラフに、ブリナは心配そうに探りを入れる。「なんのせいだと言うの、ラフ？」

ラフは震えながら息を吸いこむ。

「そのせいで、あの日きみは、コートではなくぼくを選んだのか？」

ブリナはまっ蒼になるのが自分でもわかった。

「わたしがあなたを選んだんじゃないわ。あなたがわたしを選んだのよ。それに、父親になれるかどうかコートにたしかめてからデートを決めるなんて、ありえないじゃないの。それも、万一ドクターがまちがっていて、わたしが妊娠できる場合まで考えてだなんて！」

「そう、もちろん、そんなことはありえないな。どうなってるのか自分でもわからないよ。ぼくは……」

「わたしにはよくわかるわ。あなたはわたしを最悪の女だと決めつけていて、わたしが何か動機をもってあなたとデートをし、結婚もしたと思いこみたいんだわ。こう言えばはっきりするかしら——わたしね、あなたがわたしから赤ちゃんを取りあげるのが怖くなかったら、絶対にあなたとなんか結婚しなかったわ！」

興奮して息をはずませ、ブリナはラフをにらみつける。ラフの頬がぴくっと痙攣した。

「ぼくは……」

「申しわけございませんが、ミスター・ギャラハ」かわいらしい看護師が個室に入ってきて穏やかに声をかけた。「ミセス・ギャラハはお休みにならなくちゃいけません。それにあなたも。午前二時ですもの。わたくしの経験から申しあげますと、将来の父親も、母親同様、たっぷり休養が必要なんです。危険な状態は去ったんですよ、ギャラハご夫妻」

たしかに危機は去ったが、結婚のほうはまさに危険にさらされていた。ブリナには、いまはっきりわかる——けっして結婚をしてはいけなかった、と。子供をもつ唯一の道だと思いこんで結婚を選んだりするより、法廷でラフと争うべきだった。

いま、この場でそのことをラフに言いたいけれど、看護師がわざと病室でぐずぐずしているので、ラフとふたりきりになるチャンスを待つしかない。けれども、そんな機会はやってこなかった。

まさかラフの企みとは思わないけれど、ラフが見舞いに来るときにはいつもケイトかポールがいっしょだった。ふたりともブリナと生まれてくる赤ちゃんの健康をひどく気遣っていた。

ほかにも大勢の見舞い客があった。心配した両親がスコットランドからやって来たし、使っているモデルや友人たちが顔を見せた。もちろんギリも。そしてコートも一度、面会時間の直前にやって来た。あきらかにラフと会うのを避けたのにちがいない。

「きみへのお見舞いだ」コートはすみれの花束をベッドに置いた。「この花はきみの瞳を思いださせるんでね」

ブリナは花びらをそっと撫で、涙をうかべてコートを見あげる。

「ありがとう」

「おいおい、きみを元気づけようとしてやって来たんだぞ、泣かせるためじゃない！　病院の食事はどう？」

「食事ですって？」

「入院患者にはまず病院の食事のことをたずねなきゃいけないって教わったんだがな。こういうところの食事は最低らしいから。何か珍しいものを届けさせよう……」

「食事はおいしいわよ」ブリナはくすくす笑う。「わたしが入院してるって、どうしてわかったの？」

「ケイトが教えてくれたのさ。いまは、気分はどうなの？」

あれから出血はなかったし、血圧もおちついて、ドクターも満足そうだった。

「あのときはちょっと怖かったけど、いまはすべて順調みたい」

「ぼくが言ったりしたりしたことで、きみが子供を失うはめになったら、ぼくはとても耐えられない」

「あなたのせいじゃないし、わたしはこのとおり大丈夫」

もしそんなことになればコートがどんなに動転するか、その気持は痛いほどよくわかる。かわいそうなコート！

「コート、赤ちゃんが生まれたら、あなたに名づけ親になっていただきたいわ」

「ラフがなんと言うかな？」

「何も言わせないわ。だって、ラフにはかかわりのないことになるはずだから」

ブリナの激しい口調に、コートはぐいっと眉をあげ、とまどいがちにたずねる。

「ラフと別れたのか？」

「あの……まだだけど。ラフに話す機会がなくて。でも……別れるつもりよ。だから、あなたに名づけ親になってほしいの」

コートは探るようにブリナを見つめる。暗い瞳に苦悩がにじんでいた。

「ラフから聞いたんだね」

コートはぽつんと言った。わたし、うっかりへまをして、コートを傷つけてしまったんだわ。

「コート……」

「いいんだよ」奇妙に表情の消えた顔でコートは立ちあがった。「ラフがぼくらのことをどう思いこんでるか知っているし、きみが妊娠している事実を重ねれば、ラフがどんな状況のもとで話したか想像がつく。ぼくはもう行かなくちゃ……」

「あら、コート、だめよ！」ブリナは懇願するように手を伸ばす。「ごめんなさい、あなたを傷つけるつもりはなかったのに……」

「傷ついてはいないさ。ぼくは自分が子供をつくれないこととは、ずいぶん昔に折りあいをつけているよ」

「ほとんどの女性は、あなたを夫にできるなら、喜んで赤ちゃんを養子に迎えるわ」

「ほとんどの女性か！　きみは女性の大多数を買いかぶりすぎてるよ、ブリナ」

「それであなた、結婚しないと決めたってわけ？」

「ぼくが決めたんじゃない。そういう運命なんだ」

「でも、コート、いまどきは子供のほしくない女性だってたくさんいるんだし……」

「体の線や職業にマイナスになることはしたくない自分勝手で利己的な女性か――ぼくはそういう妻はいらないね」

「かならずしも、みんながみんなそうじゃないわ。なかには……」

「お邪魔かしら？」

アリソンがためらいがちに戸口に立っていた。ブリナの結婚式ですてきだと思ったコートがいるのを見て、目を輝かしながら病室に入ってくる。黒髪で緑の瞳をもった美女は、ブリナが八年前にモデルの仕事をはじめて以来の友人だった。

「結婚式のあと、お電話くださらなかったわ」

アリソンはコートに誘いを向ける。まだ緊張は残っているものの、コートはいたずらっぽくアリソンに笑いかけた。

「今夜はいかがです？」

「すてきですこと」

コートはうなずき、おちついた表情でブリナをふりかえった。

「きみ自身も赤ちゃんもお大事に」

「帰るんじゃないんでしょう？」

おたがいに話がたくさん残っているのに。

「ラフが来る前に帰ったほうがいいと思うよ」

「あら、でも……」

「さよなら、ブリナ」ブリナの頬にキスする。「幸せになってくれよ」

まるで最後の別れみたい！

「コート、あなたは……」

「本当に行かなくちゃ。ぼくのことは心配いらないよ、ブリナ。なんとかやっていくさ」

コートはじっとアリソンを見つめておいて、出ていった。ブリナはぐったりと枕に背中をもたせかける。コートを傷つけることだけはしたくなかったのに。わたしもラフも、そろってコートをひどく傷つけてしまったなんて。

「わたし、お邪魔だったかしら?」

アリソンが心配そうな顔でベッド脇の椅子に腰をおろした。ブリナは首をふり、なんとかがっかりした気持をふり払って微笑をうかべる。

「いいえ、もちろんそんなことはないわ」

「でも、コートはちょっぴり動揺してたみたいよ。魅力的なプレイボーイって感じが全然なかったわ」

「あなたったら、コートをプレイボーイだと思っていながら、それでも電話をしてほしいなんて言うんだから」

「もちろんよ。うぬぼれの強いつまらない男なら電話をかけてきたんだけど。口直しにコートなら大歓迎よ」

「あなた、いつも悪い男を選ぶのね」

「あなたが注意してくれればよかったのに。そうしたら、あんなつまらないデートを我慢する必要もなかったんだから」

「わたしが注意したら聞いてくれた？」

「その男はあなたのご主人のために働いているんだもの、あなたならどんなにつまらない男かわかってたはずよ」

ラフの名前が出たのでブリナは体をこわばらせた。が、アリソンのことばの意味がはっきりしたとたん、自分でもまっ蒼になったのがわかった。

「スチュアート・ヒリアが電話をかけてきたの？」

「そうよ」

「結婚式のとき、スチュアートはあなたに気があるようには見えなかったけど」

「わたしもそう思ってたわ。電話は本当に突然だったの。じっさい、誰だか思いだすのに苦労したくらい。あとであなたに惹かれていたひとだってわかったけど……」

「あら、わたしはそうは思わないわ」

「スチュアートがあなたから目を離せなかったのはたしかよ。でもけっきょく、彼はわたしに電話をかけてきたってわけ。とても魅力的よ……あれほど退屈じゃなければね」

「スチュアートは自分のことをいろいろ話した？」

「ラフのことばかり。あなたのご主人には、ほかの女性たち同様、魅力を感じるけど、なんといってもあなたのご主人ですものね。わたしだって、デートしているあいだは、もうすこし……個人的な話をしたいわよね」

まさかラフが……ラフの命令で……ブリナは息もつけない思いだった。

「それじゃ、わたしのことも、スチュアートはわたしのことも話してた？」

「二回かな。別に悪くは言わなかったわよ。悪口を言ったら、わたしも許さないし。きく資格のないような質問をしたから、そんなにブリナに興味があるのなら、ラフにたずなさいって言ってやったの。それで彼も黙ったわ」

もともとラフがスチュアートを使ってアリソンに探りを入れたのだとしたら、何もラフからきく必要はないわけだもの！

ラフがますます遠い存在になっていく。とんでもない言いがかりをわたしにぶつけたり、親友を遠ざけたりしたのとは話がちがう。妻の友達からまで、妻のことを聞きだそうとするなんて！　こんな生活を続けるわけにはいかないわ。

「本当ね」ブリナはむりに明るい微笑をうかべた。「コートはスチュアートよりはるかにすてきよ」

「わたしもそうあってほしいわ」

数分後にラフが来たときには、ふたりはまだおしゃべりの最中だった。珍しくラフはひとりだったので、しばらくしてアリソンが帰ると言いだしたときにもブリナは引きとめなかった。

「見舞いに来てくれるなんて、アリソンはいいひとなんだな」

ラフはいっそう痩せて、頬がこけ、目にもいつもの輝きがなかった。こんなふうになったのも罪の意識のせいだといいんだけれど。でも、絶対にそうじゃないわ。ラフが罪の意識をもったりするものですか。ブリナはつっけんどんに答えた。

「そうね」

「ケイトとポールはあとで来る。ふたりはきみへのプレゼントを買いに行ったんだ」

「お見舞いのたびに何か買う必要なんかないのに」

「今度のは退院祝いさ。いまドクターと会ってきたがね、きみは明日退院できるそうだ！」

退院の件ならブリナは知っていた。今朝、ドクターと話しあったから。

「ええ」

「あんまりうれしそうじゃないんだな」

「退院ってことは、赤ちゃんに危険がなくなったわけですもの、そのことはとてもうれしいわ」

「それじゃ、どうしたんだ？」

ブリナは大きく深呼吸する。ちっとも楽しいことではないが、最後までやり通す覚悟はできていた。

「わたし、家には帰らないわ」

ラフはぎょっとしたようだった。

「しかし、ドクターは帰っても大丈夫だと言ってたぞ。あれから出血もしないし、それに……」

「ドクターのおっしゃったことなら、ちゃんと知っています。わたしが家に帰らないと言ったのは、あなたの家にはって意味なの」

ブリナは挑むようにラフの視線を受けとめる。ラフははじかれたように頭をそらした。

「ぼくらの家だぞ、きみ。ぼくらの家にじゃないなら、どこに行くつもりだ？」

「スコットランドに帰るわ、両親の家に……」

「まだ旅行はむりだ」

そんなことくらい、ブリナにだってよくわかっていた。ただ、じっさいにきちんと計画を練る時間がなかっただけだ。ただひとつたしかなのは、ラフから逃げださなければというこことだけ。

「それじゃ、母にこちらに残ってもらうわ。そうして、アパートメントで……」

「きみのお父さんはお母さんがいなければ家事が不自由だし、そのうえ、一年でいちばん忙しい時期じゃないか。それにきみには、もうアパートメントはないんだぞ」

「借りればすむことだわ」

「その体では家具を買いそろえる体力もあるまい」

「それじゃ、家具つきのところを借ります。とにかく、あなたと暮らすつもりはないの！」

ブリナは必死に言いつのり、息をはずませながらラフをにらみつける。

「おちつけよ。また血圧があがってもかまわないのか？」

「いいえ。でもね、わたしたちの結婚は終わったのよ、ラフ。もうあなたとはなんのかかわりももちたくないの」

ラフのあごがぴくっと痙攣し、目に激しい怒りが燃える。

「それだけのことなら、引っ越しするまでもあるまい？」たずねるように見あげるブリナに、ラフはいらだたしそうに肩をすくめた。「ぼくらはおたがいの存在を無視して、なんとか暮らしてきたんだからな！」

「今度はあんなふうにできそうもないわ」

「なぜできない？」

「だって、あなたを信用していないんですもの」

「きみを動転させて、二度と自分の子供の命を危険にさらすつもりはないぞ！」

「わたしたち、赤ちゃんのために結婚したわ。それだけなんだとおたがいに納得ずくで。でも、結婚したら、あなたはたちまち約束を破ったわ。わたし、あなたを信用できないのよ」

「できるとも！　約束するよ——絶対にきみのそばに寄らないし、触れようともしないって。ただきみの面倒を見たいだけだ。それくらいはさせてくれ」

世話なんかしてほしくないわ。わたしはあなたからも、あなたのスパイの手からも逃れたいだけ。けれども絶対に逃れられないことも、ブリナにはわかっていた。

「あなたは、わたしに近寄らないで暮らすって言ったわね！」

「そうしよう。ただし、きみの世話をするひとは家に置く。きみが絶対にむりをしないようにね。それに、きみがお母さんに長くいてほしいと頼めばご両親は心配なさるだけだってことも、きみにはわかっているはずだぞ」

入院したと知るとすぐさまかけつけてくれた両親は、わたしも赤ちゃんも無事だと思いこんでいるのに、ラフと別れればふたりを動転させるばかりだ。ブリナは冷ややかに言った。

「わたし、あなたの顔も見たくないわ。だから、子供が生まれたら、わたしは自分の家を探します」

ラフは口もとをこわばらせたが、何も言わずに、大きくうなずいてブリナの条件をのんだ。

10

退院してわずか数日後、今度はケイトがスーツケースを提げて帰ってきた。ブリナは読んでいた本を置き、心配そうに義理の娘を見守る。ケイトはスーツケースを床に置くと、ブリナにかけより、わっと泣き崩れた。

「何があったの？」

「あなたに心配かけちゃいけないんだけど」ケイトは大きくしゃくりあげると、指先で涙をぬぐう。「状態がそんな具合なのに」

「いまのわたしの状態は、あなたのお母さまの代役。あなたのこと、とても大切に思っているのよ、ケイト」

「わたしだってあなたのこと、大切に思っているわ。あなたをお母さんだと思ってるの。でも、ポール兄さんと決めたんだけど……あなたは若すぎるから、わたしたちまでママと呼ぶのは悪いって。代わりにお姉さんができたと思うことにしたのよ」

ふたりが自分を姉と思うことに決めたと聞いても、ブリナはうろたえるどころか、心地よい満足感を味わった。

「お姉さんって、秘密を打ちあけるためにいるんじゃないの？」

「ブレンダなの！」

「話してごらんなさいな」

「いいわ。わたしはブレンダを友達だと思っていたのよ。でも、そうじゃなかった。ブレンダは友情ってことばの意味さえ知らないんだもの！」

「ブレンダがあなたのいやがることをしたの？」

「わたしね、ブレンダのだらしのないところも利己的なところも、ときどき男のひとを泊めるのだって受け入れられたわ。でも、どうしてもだめ、許せないのよ、ロジャーを誘惑しようとするなんて」

事態は予想以上にひどい。それにケイトがどんなにロジャーを好きかもよくわかっている。

「ブレンダは成功したの？」

「もちろん、するものですか！　ロジャーはブレンダなんかに関心がないもの。ロジャーが愛してる……好きなのは、わたしですもの」ケイトはまっ赤になって訂正した。「わたしと同様、ブレンダのふるまいにはむかむかしてるわ」

ケイトのために、ロジャーの愛情がケイトと同じくらい深いことがブリナにはうれしかった。

「今日の夕方、わたし、教室から遅く出てきたの。ロジャーはてっきりわたしが先に帰ったと思って、まっすぐアパートメントに行ったのね。わたしが帰ったとき、ちょうどブレンダがロジャーにキスしようとして、ロジャーが押しのけようとしていたところだったのよ！　ふたりを見守っていると、ロジャーはなんとかブレンダを押しのけ、手の甲でキスされた跡をぬぐいながら、そばに寄るなよ、きみには関心がないんだからって言ったわ。もちろんブレンダは、わたしに気づくとすぐ、ロジャーに迫られたって言い張ったけど、わたしはふたりを見てたんですものね！　それで、スーツケースをつめて出てきたってわけ。残りの荷物はあとで取りに行くわ。もうあそこにはいたくないの」

「それで、ロジャーはいま、どこ？」

「わたしといっしょにここに来るって言ったんだけど、わたし……あとで会いましょうって言ったの」そしてあきらかに気が進まないという口調で言い添える。「わたし、ひとりでパパと対決しなくちゃいけないと思ったから」

ケイトが気が重いのは、〝ぼくの言ったとおりだろう〟と父親に決めつけられるのを恐れるせいだろう。

ラフは今度はかたくなに約束を守り、夜は書斎ですごし、帰宅したときにもあいさつさえしなかった。ブリナにとってもそのほうがよかった。ラフから冷淡な親切を示されるのは耐えられなかったから。それにしても、ケイトのニュースに対するラフの反応は、ケイト同様、ブリナにも見当がつかなかった。

玄関のドアがばたんと閉まる音に、ふたりともぎくっとした。

「きっとパパよ。わたし、ひとりでパパに会いたくないんだけど」

「心配しないで。わたしはどこにも行かないわ」

ふたりがソファーに腰かけていると、ラフはいつものように書斎へ向かおうとして、居間のドアの前を通った。この三晩、行動パターンは同じだったし、ラフは手順を変えたりしないはずだ。

いつもは、ラフはブリナがいることを知っているので居間をのぞこうともしなかったのに、今夜は眉をひそめて足をとめ、ゆっくりふりかえると、ブリナといっしょにいるケイトを見て目をみはった。

ブリナは父親から娘へと視線を移す。ラフの表情はもの問いたげで、ケイトはいまにも泣きださんばかりだ。ブリナはさりげなくラフに伝える。

「ケイトはしばらく家に戻ることに決めたんですって」

ラフはわずかにほっとしたようすを見せて部屋に入ってくると、書類かばんを椅子に置いた。

「それはいいな。いつまでいられるんだい、ダーリン？」

ラフは自分の飲み物を注ぎ、ふたりにもすすめたが、女性たちは首を横にふった。

「あの……わたし……」

ケイトはことばにつまってブリナを見やる。

「じつはね、ラフ、ケイトは赤ちゃんが生まれるまでわたしの相手をしようと決めたんですって。優しいでしょう?」

「すごく優しいんだな。ブリナもきっとおまえの思いやりをうれしく思っているよ」

「あのう……」不相応な褒めことばに、ケイトはまっ赤になった。「わたし、荷物を二階に運んで夕食のために着替えをしてきます」

ドアが閉まると、ラフはため息をつき、ふいに疲れが噴きだしたような表情になった。

「本当は何があったんだ?」

ふたりきりになったので、ブリナは体をこわばらせていた。ふたりが話をするのも、こんな時間にブリナがラフをまともに見るのも、車で連れて帰ってもらった退院の日以来のことだ。

三日前のラフが体調が悪そうに見えたとすれば、いまはその十倍もひどかった。頬はこけ、隈のできた目は落ちくぼんでいる。スーツがだぶついているのも、体重が減ったせいにちがいなかった。

「ブリナ?」

返事が返ってこないのでラフは眉根を寄せる。ブリナは震えながら息を吸いこみ、ラフへの同情をふりきった。ラフは負けを知らないし、誰からの哀れみも必要としないひとだわ。ましてわたしの同情なんか。

「ブレンダがある男性にちょっかいを出したのよ」ラフのけげんそうな顔を見て言い添える。「ロジャーにね」

「そうか」

「ケイトはあなたに話すつもりでいるわ、もうすこしおちついたら。いまはひどく幻滅を感じているの」

「ロジャーにか？」

「ブレンダに。ロジャーはうぬぼれ屋のミス・サンダースをきっぱりはねつけたんですって」

「それはよかった。ケイトはロジャーに恋しているようだから」

「そのことは、あなたからはっきりおききにならなくちゃ」

「ああ。ありがとう……あのう、ケイトに相談相手が必要なとき、きみがいてくれて」

「当然でしょう？　わたし、あなたの子供たちは好きですもの」

「きみがそばに来られるのもいやなのは、子供たちの父親だけか！」ラフはウイスキーをぐいっと飲みほす。「ケイトがここで暮らすとなると、何もかも変えなきゃならないことは、きみも気づいているんだろうな？」

「どういう意味かしら？」

「ケイトが家に戻ってくれれば、ぼくらも他人同士のようにふるまうわけにはいくまい」

ラフの言うとおりだと思うと、この三日間の穏やかな平和も色あせていく。が、うまくいっていない父親の結婚生活を見せて、これ以上ケイトを動転させるのだけはブリナも避けたかった。

「もし役に立つのなら、わたし、もう一度あなたといっしょに食事をするようにします」

「きみは、ケイトのためにはそうできても、ぼくのためにはできないのか？」

「あなたはケイトのように傷ついたりしないもの」

「ぼくが傷つかないって？」自嘲がにじんだ声で言う。「それじゃ、ぼくはなぜ妻にしがみついてるんだ？　それも、ぼくと別れて心から愛する男といっしょになるときを待ちわびている妻にだぞ」

ブリナは息をのんだ。

「またコートの話をもちだしたりしないで！　会ってもいないのよ、あれからは……」

ついこのあいだ会ったばかりなのを思いだして、ブリナは口ごもった。お見舞いの件は、ラフはまったく知らないはずだけれど。

「四日前からは、だな」ラフがことばをさしはさみ、ブリナの驚いた顔を見て言い添える。

「あの夜、コートがきみの病室に入るのを見たんだ。だから、ぼくは遅れていったのさ」

「あなたはドクターに会いに行ってたって……」

「ドクターには、その前に会った」

「もしコートが病室にいるとわかっていたのなら、なぜあなたは……」

「きみたちふたりきりのところに入ってこなかったのかと言うのか？　そんなところは見たくなかったからな。あとでぼくが病室に行ったら、きみは別れ話をもちだした――それだけで充分じゃないか」

「でもあれは、コートと会ったこととはなんのかかわりもないわ。わたしは……」

「着替えないの、パパ？」居間に飛びこんできたケイトは、いつものはちきれんばかりの明るさに戻っていた。「二階でロジャーに電話して、夕食に招待したの。数分で来るわ」

ラフは最後にくやしそうにブリナを見ると、娘に笑顔を向けた。

「それで、パパはいつロジャーが結婚式で娘の手を求めると覚悟しなきゃならんのかな？」

ケイトはまっ赤になって、ぎこちなく答える。

「わたしたち、もう決めてるの、あと二年は結婚しないって」

「それだけでも教えてくれたことに感謝しなくちゃならないんだろうね」

「わたしは決心してるのよ」ケイトはにやっと笑った。「赤ちゃんが花嫁のページボーイかブライズメイドになれるくらい大きくなるまで待つって!」

「それはまた先の長い話だな」

口もとには微笑が残っていたものの、ラフの目からは笑いが消えていた。そのときにブリナと赤ちゃんがここにいるかどうか、疑いがかすめたのだろう。ケイトは大人たちの緊張に気づきもしないで、肩をすくめる。

「わたしたちには時間があるんですもの。急いで、パパ。わたし、おなかぺこぺこ!」

「おまえはいつも腹ぺこなんだな。おまえの食費がどのくらいかかるかロジャーに話したら、ひょっとして結婚する気をなくすかもしれないぞ」

からかっておいて、ラフは二階にあがった。ケイトはブリナを抱きしめる。

「本当にありがとう。さっきはあんなふうに助け船を出してくださって」

「お父さまは、わたしが本当のことを話してないと気づいてらっしゃるわ」

「わかっています。あとでパパにはちゃんと話すわ」

ラフとブリナはふたこと以上はことばを交わさなかったものの、屈託のない楽しい食事だった。ロジャーとラフはうまが合うらしい。四人は居間に移り、ブリナはコーヒーを注いだ。

「パパとコートおじさんが意見の相違を解決してくれて、わたし、本当にうれしいのよ」

ケイトが幸せそうに言う。「相違がなんであってもよ。あら、パパ、そんなにびっくりした顔しなくてもいいでしょう？　おふたりが最近親友じゃなくなってたことくらい、わたしだって気がついてたわ」

ブリナはたずねるようにラフを見やった。さっきのラフの印象では、ふたりの友情が復活したようには思えなかったけれど。ラフは眉根を寄せてケイトを見つめる。

「おまえの勘が鋭いことは認めるがね。ぼくらの〝意見の相違が解決した〟って印象は、いったい何に基づくのか、それだけがふしぎだな」

「それじゃ、解決してないってこと？」

「ああ。いいかい、ケイト、いさかいは、ときには起こるものなんだよ。現実はいつも〝めでたしめでたし〟で終わるとはきまっていない……」

「それくらいわかってるわ。わたしはただ思ったのよ……期待したというか……」

「なぜそんなふうに思ったのか見当もつかないな。パパはこの二週間、コートには会ってもいないし……」

「ええ。でも、スチュアートが会ってるわ」ケイトが口をはさむ。「そしてスチュアートがコートおじさんといっしょだった理由はとなると、パパたちが仕事の取り引きをはじめたとしか考えられないでしょう？」

「スチュアートはいつコートに会ってたんだ？」

「二週間前にいっしょのところを見たわ」

ブリナは身動きできなくなっていた。コートとスチュアート・ヒリアが？　ラフの代理でないとしたら、なんだってあのふたりが会ったりするの？　答えはただひとつ。ブリナはまっ蒼になった。

「ぼくには心あたりがないが……ブリナ？」ラフは心配そうに見つめ、ブリナの椅子の前にしゃがみこむ。「ダーリン、どうした？」

心からブリナを心配している口調だった。そんなことってあるかしら？　わたしはまちがった男性を信じていたのかしら？

「ブリナ？」気が気でない口調だ。「ケイト、ドクターに電話を……」

「大丈夫よ」ブリナはかろうじて声をしぼりだす。「わたし……しばらく横になりたいわ。あなた、二階に行くのに手を貸してくださる？」

「もちろん」

喜びが一瞬ラフの目に輝き、すぐさま抑えこまれたのがわかった。ラフは立ちあがってブリナを抱きあげる。ブリナも逆らわなかった。自分の足で立とうとしても体重を支えられるかどうか。心配そうに見守っているケイトとロジャーに苦笑をうかべてみせる。

「ただ疲れただけなの」

「本当はこれはブリナの手なんだよ、ぼくをむりやりベッドに連れていって、いけないことをしようとするときのね！　ぼくが文句を言うはずがないってことくらい、いいかげん、わかってもいいんだがね」

ラフの冗談は、その場の気がかりな雰囲気をいっぺんにやわらげた。が、ラフはまた厳しい表情に戻ってブリナを寝室に運び、そっとベッドに横たえる。

「階下ではどうしたんだ?」

ブリナは一瞬目を閉じて深呼吸をし、めまぐるしくかけめぐる思いを静める。きっとわたしがまちがっていたんだわ。でも、まちがっていたと思いたいのかもしれない——恐ろしい告発が真実なら、わたしはまた心ゆくまでラフを愛することができるのだから。疑いが真実であれば、どんなに自分が傷つこうとも、どうしても解明するしかないとわかっている。

「ラフ、わたしがコートと関係があるって誰からお聞きになったの?」

「ブリナ……」

「ラフ、お願いだから教えて。わたしたちの未来にとって、とても大切なことなの」

「未来だって……?」ふいにラフは無防備になったように見えた。「ブリナ、ぼくを引っかけるのはよしてくれ!」

「そんなことはしてません。でも、誰かがわたしたちをだましてると思うの。それも、胸がむかむかするような悪質な罠で」

「なんの話だ?」

ラフはいらだたしげにたずねる。

「ラフ、あなた、スチュアート・ヒリアにわたしをスパイするように命じなかった？」

「もちろん命じるものか」ラフの顔は怒りに赤黒くなる。「たしかにスチュアートは、きみとコートがいっしょにいるところを目撃したと最初に教えてはくれたがね。でも、ぼくは絶対に命じたりはしなかったぞ！」

「それじゃ、誰が頼んだの？」

「誰も頼みはしない。きみは……」

「それじゃ、スチュアートはなぜわたしを探ったりしたの？」

「彼だってそんなまねはしていない！　スチュアートはきみたちを二度もレストランで見かけ、たまたまぼくに話したまでだ……」

「ラフ、ロンドンにいくつレストランがあると思って？」

「さあね、たぶん何百とあるだろう」

「それじゃ、異なるレストランで、わたしとコートがいっしょのところを続けて見られたのは、どういうわけ？」

「偶然の一致だろう……」

「あのひとも、たしかにそう言ったわ」

「あのひとって？　スチュアートのことか？」

「いいえ……コートよ」

ケイトがスチュアート・ヒリアといっしょのコートを見たのは二週間前だと言ってたのに、わたしが十日前にコートと話したときには、コートはスチュアートの名前さえなかなか思いだせなかったわ！

レストランの一致、ケイトが目撃した会合、そしてスチュアートの名前をなかなか思いだせなかったコート——それだけの偶然しかブリナには根拠がなかったけれど、それでもだしぬけにすべてが読めた！

「でもね、そんな偶然って、相手の予定がわからないかぎりロンドンみたいな大都会では起こりっこないわ。コートははじめから、わたしたちの関係にくさびを打ちこもうとしてたのよ。コートにまちがいないわ。わたしはてっきりあなただと思いこんでいたけれど……いまではコートだったとわかるの」

ブリナはごくんと唾をのむ。幻滅の痛みは耐えがたいほどだった。わたしは心からコートが好きだったのに、コートはわたしを落とし入れようとし、もうすこしで子供の命まで奪うところだったなんて。ラフはベッドの端に腰をおろし、暗い表情で眉根を寄せた。

「どうしてきみにわかる？」

「わたしが知っていることを話したら、あなた、ちゃんと信じてくださる？」

「いとしいブリナ、きみが黒を白と、白を黒と言ってもぼくが信じることくらい、きみにはわからないのかい？」

そうだったんだわ。はじめてコートに会ってラフを紹介された日、わたしはコートを太陽みたいに明るいひとで、ラフは月のように暗く謎めいたひとだと思いこんでしまったんだわ。ラフと恋に落ちてからでさえふたりをそんなふうに見ていたけれど、まるで逆だったのね。ラフこそ輝く太陽で、コートは暗く破壊的なひとだったのに。

「コートにはわたしの気持が正確に読めていたのね――どんなことがあっても、わたしがあなたを愛するだろうって。そしてコートは、その愛を逆に利用したんだわ」

「きみが……このぼくを……愛しているって？」

本当であってほしいという必死の祈りがこもっていた。ブリナはすべての愛をまなざしにこめてラフを見つめる。

「わたしはいつもあなたを愛していたわ。はじめてのデートで恋に落ちて、それがそのまま続いているの。あなたを愛していなかったら、絶対に愛人にはならなかったわ」

「きみの気持がわかってさえいたら、ぼくは絶対にあんな状態のままではいなかったのに！」

「どういうこと？　愛人関係でいるのがあなたの考えだと……」

「きみの考えだ」

「でも……」

「ぼくらは愛しあった。そのあと、ぼくがどんなにきみを愛して結婚したいと思っているか話そうとしたとたん、きみは言いだしたんだ——はじめての愛人としてぼくみたいに上手な相手を選んでどんなに賢明だったか、と。ふたりともルールは心得ているんだから拘束も責任もなくおたがいに楽しもうと。ごく若いときにジョシーを愛して以来はじめて、ぼくは自分の心を開き、どんなに愛しているか伝えようとした矢先に、相手の女性はただぼくの肉体にしか関心がないって言ったんだぞ。男女の役割の逆転もいいところさ！」

そのときの心の痛みは、いまだにラフの口調ににじんでいるようだった。

「それがあなたの望んでらっしゃることだと思ったの」

「ぼくはふつう、二度目のデートで女性を家に連れていって子供に会わせたりはしない。きみに会ったとたんに恋に落ち、きみの姿が心に焼きついてしまったんだよ。アメリカへの商用旅行から帰ってきた日、きみのあいさつは雌の虎みたいな感じだった。でもぼくは、きみをどうしても妻にして、ぼくが帰ったときにいつも家にいてほしいと思った。

しかし、ぼくにはほかにも責任がある。だから、きみをケイトやポールに会わせるのがいちばんだと考えた。そうすればぼくの状況がどういうものかきみにもわかり、奇跡が起これば、ぼくと結婚してくれるようにきみを説得することもできると思ったんだ」

「わたし、あなたの気持がわかっていなかったのね、ラフ」ブリナはラフの両手を握りしめる。「でも、コートにはわかっていた。そして、わたしたちの、おたがいに対する不安を利用したんだわ」

「でも、なぜだ？」

「わたしにもわからないわ。それさえわかればね」

「ブリナ、きみは本当にぼくを愛しているのか？」

ラフはまだ心からは信じていないような表情だった。ブリナは思いをこめて言う。

「愛してるわ、とても」

「それじゃ、きみはぼくと同じように地獄を這いずりまわっていたんだね……ブリナ、きみを愛している。このうえなく愛している！」

「ラフ、わたしを抱いて」

ハスキーな声でせがむブリナに、ラフは目をぱちくりさせた。

「いま？」

「あなたはおいや？」

「でも」ラフのまなざしは欲望に燃えていた。「きみや赤ちゃんを傷つけたくない。一度大騒ぎになったことだし……」

「あれは、なんのかかわりもなかったのよ」

「さっきもきみは、階下で気を失いかけたんだよ」

「わたしも赤ちゃんも、自分が愛しているひとをたしかめたいの！」

ブリナの瞳は、一点の陰りもなくラフへの愛に輝いていた。

「もし娘が生まれて、そんなふうにぼくを見つめたら、ぼくは何ひとつ拒めないだろうな！」

ラフは低くうめいてブリナの髪に顔を埋めた。

「きっと男の子を産むわ。あなたの権威が脅かされないように」

ラフはそんなことはあまり気にしているようすもなく、ゆっくりブリナを愛していった。体の隅々まで愛撫し、わがもの顔に両手で子供に触れ、ふたりを充足のふちへとかりたていく。

ついにラフはブリナと一体になり、体を重ねたままふたりは高みを漂う。快楽の波が過去の心の痛手をすべて洗い流していった。ラフは汗ばんだ体をブリナの胸の上に横たえる。

「たぶんきみが妊娠していてよかったのかもしれない。そうでなかったら、今夜赤ちゃんができたという感じがするんだ」

ブリナにはラフのことばの意味が正確にわかった。はじめて愛しあったときは信じられないほど完璧だったのに、そのあとはいつも歓びはありながら、けっしてあの完璧さは戻ってこなかった。

今夜は最初のときにも勝る完璧さがあり、どんなに相手を愛しているかという誓いを交わしてる感じさえした。ブリナにはその理由がはっきりわかる。最初のときもいまも、ふたりがおたがいの愛を隠そうとしなかったからだと。何ひとつ、愛の行為を損なうものがなかったせいだと。

「愛しているわ、ラフ、あなたの子供を産めるのはわたしの誇りなの」

「ぼくにとってもこれ以上の誇りはないとも。ああ、ぼくらは自分の愛を隠そうとして、おたがいを傷つけることばをずいぶんぶつけあってしまった。病院へかけつけた日、ぼくはまるでナイフでえぐられたように感じたものさ。きみは、妊娠するとわかっていたら、ぼくの子供だけはけっしてつくらなかったと言ったんだもの」

「それは、ケイトのディナー・パーティで、あなたがスチュアート・ヒリアにわたしをスパイさせているってコートに信じこまされたばかりだったからよ。それに、先にあなたが、わたしが妊娠しなきゃよかったっておっしゃったからだわ！」

「きみの体を考えたからさ。あのときは、きみが死んでぼくの手から奪われてしまうと思ったんだよ」ラフはうめくように言ってブリナの左手を取り、結婚指輪と並んでいるエタニティ・リングにキスする。「これを贈ったとき、きみがとまどっているのがわかったよ。でもこの指輪には文字どおり永遠（エタニティ）の意味をこめていたんだ。ぼくは永遠にきみを愛する。きみを失うこと以外なら、どんなことにも耐えられるとも」

「わたしは永遠にあなたのものよ。もうひとり子供がもてるとは保証できないけれど……この子でさえ、わたしにとっては奇跡なんですもの……ああ、ラフ、あなたがわたしを愛してるなんて気がつかなかったわ、ただの一度もよ。結婚も赤ちゃんのためだけだって、あなたは言ったし……」

「それはね、赤ちゃんを利用するのがきみを結婚に踏みきらせる唯一の手だったからさ。最初きみは、きみが言いだした情事という関係で充分幸せそうだったのに、しだいにぼくから遠ざかっていった。ぼくがスチュアート・ヒリアを雇ったのも、そもそもはぼくの仕事を代行させて、きみといっしょにすごす時間をふやし、ぼくにはどんなにきみが必要か見せるためだった……」

「あなたは、わたしが必要なのはベッドのなかだけで、仕事はもちろんケイトやポールにわたしが関心を示すことも、冷たく拒絶しているように思えたのに……」

「ぼくには仕事や成人した家族に対する責任があるものだから、きみは情事しか望まないんだと思いこんでいたんだよ。ケイトやポールの存在は、ぼくがきみよりどんなに年上で経験も多いかということを思いださせるだけだと思って、できるかぎりきみから離そうとしたんだ。かならずしも成功したとは言えないが、最初の日、きみが子供たちを相手にすっかりとまどっているように見えたから、たしかに努力はしたよ」

「あれはただ、あなたの子供たちに会うなんて、すこし……おちつかなかっただけよ。でも月日がたつうちに、ふたりとも知りあいたくなったの。それをあなたに拒まれると、わたしはベッドの相手にすぎず、あなたの人生にはかかわってほしくないと言われてるようだったわ。やがて、ベッドの相手としてさえ色あせたみたいで、あまり熱心じゃなくなったわね。結婚してもいっしょには寝ないというわたしの条件をあなたがあっさり受け入れたとき、もうわたしには欲望を感じなくなったんだと思ったわ」

　ラフは自嘲するように低くうめいた。

「きみと結婚する以上、別々に暮らすつもりがなかったからこそ同意したんじゃないか。しかもきみを結婚させる手はただひとつ、脅すしかなかったのに、正常（ノーマル）な結婚だと言ったりしたら、きみはおびえて逃げだすにちがいない。そう思ったから、結婚式がすむまではきみに近づかないようにしたんだが、ずっと続けるつもりなど毛頭なかったよ」

「あの夜、あなたはただ赤ちゃんに触れたいだけだと言ったわね」

「赤ちゃんと、きみにさ。ぼくは絶対にきみを手放すつもりはなかった。それなのにきみは、ぼくよりコートのほうがいいらしかった。コートが病室に見舞いに来たあと、きみはぼくと別れると言いだして、そうなるとぼくも考えないわけにはいかなかった……」

「あの夜はアリソンもお見舞いに来てくれたのよ。アリソンはスチュアート・ヒリアとデートして、わたしのことをいろいろきかれたと言っていたわ。だから、わたしは思ったの、それは……」

「ぼくの仕業だ、と。ぼくはスチュアートにそんなまねをさせた覚えはないんだから、そうするとコートの差し金にちがいない」

「ラフ、わたしたち、コートの話を避けるわけにはいかないわ。でもその前に、わたしたちが愛しあってるのをおたがいに確認しておかなくては。コートにわたしたちの自信のなさを利用して傷つけられるようなことが二度とないように。なぜコートがわたしたちを傷つけたいのか、わたしにはわからないけれど、クリケットのバットで相手を殴りつけて鼻をへし折った少年なら、大人になったからって癇癪(かんしゃく)をなくしたとは言えないと思うの。前より自制はできるでしょうけれど、気性がなくなったわけじゃないんですものね」

「コートは学校時代のあのエピソードを、きみにも話したんだね?」

「ええ、はじめて会った日に。いまのコートはたしかに自制心のあるひとよ。でも、少年のころの執念深さが、明るい表面の陰にひそんでいるはずだわ。わたしたちはおたがいの愛をたしかめ、なんの疑いもなくなってはじめて、コートと対決できると思うの。でなければ、コートはまた、わたしたちを引き離す方法を見つけられるもの」

「いとしいブリナ、ぼくは誓うよ、二度ときみもきみの愛も疑ったりしないって。結婚したあと、ぼくが狂人のようにふるまったのも、ぼくがこんなにもきみを愛しているのに報われないと思ったからだ。だから、ひそかに結婚生活を軌道に乗せたいと願いながら、非難をぶつけることしかできなかった。

あの日、きみがコートと昼食をしているのを見て、ぼくらの結婚を力ずくでも本物にするからなときみを脅したあと、会社に帰ってから自己嫌悪にいたたまれなくなり、自分にいやけがさして家に帰る気にもならなかった。家に帰ればきみが出ていっていないんじゃないかと思っておびえていたくせに、出ていかなかったとわかると、またもや愚かなふるまいをしてしまった」

そんな弱みをずっとコートは目撃してきて、わたしたちを傷つけるためにそれを利用したのだとブリナにははっきりわかった。でもいまは、ラフの愛になんの疑いもない。

「コートに電話して、来てもらいましょうよ」

「こんな時間に？」

「それほど遅くないわ。それに、もうこれ以上ほうっておけないもの。なんとしてでも理由を知らなくちゃ、ラフ」

ラフがベッドをおりてズボンをはくかはかないかのうちに、寝室のドアにノックがあった。ケイトは父親の乱れた服装から赤くなったブリナへと、おかしそうに視線を移す。

「階下では、てっきりジョークだと思っていたのに……わたし、おやすみを言いに来たんだけど、どうやらちょっと……」

「ケイト！」

父親が警告する。

「それじゃ、明日の朝会いましょ。それとも午後かしら？　まだハネムーンは終わっていないって言いたいんでしょ！」

ラフはドアを閉め、いたずらっぽい笑みをうかべる。

「ケイトはこのことをなかなか忘れさせてはくれないだろうな！」そしてまじめな口調で言い添える。「ぼくはきみに一度も言ってないけれど、ぼくがはじめてきみとベッドをともにした男だったということを、このうえなくうれしく思っているよ。ブリナ、何者もぼくらを引き離せはしない、そうはっきり約束するよ」

ラフがコートに電話をすると、コートは帰宅したばかりで、すぐこちらに来ることになった。ブリナとラフがソファーに座って待つまもなく、ドアベルが鳴り、ラフがみずから出ていった。夜は使用人を引きとらせるならわしだったし、ケイトももう眠っているにちがいない。

コートはまだ外出用のイヴニング・スーツ姿のままだった。親愛の情をこめてブリナにうなずいてみせたものの、腰かけるようにと言うラフのすすめは断って、正面から向かいあった。

「それで、明日の朝まで待てないほど重要なことって、なんなんだ？」

「楽しい夜だったかい？」

ラフは愛想よくたずね、ブランディのグラスを手渡す。コートはとまどって眉根を寄せた。

「とても楽しかったよ、ありがとう。で、いったい……」

「外でぼくらの知りあいに会ったかい？　たとえばぼくのアシスタントとか」

ラフはなめらかに言い添え、コートは目を見開いた。

「ヒリアに？　なぜぼくがヒリアに会うんだ？」

「きみは今夜、外で食事をしたようだし、このところレストランで偶然会うことが続いてるから、きみたちも出会ったかもしれないと思ってさ」

ラフはもの問いたげにぐいっと黒い眉をあげる。目は氷のように冷たかった。コートは石のように固いブリナの表情を見やり、とがめるようなラフの表情に視線を戻すと、喉を締めつけられたような叫び声をあげて、へなへなと肘掛け椅子に座りこんだ。

「ここまでするつもりは絶対になかった」

うめくように言って、コートは両手で顔を覆う。ブリナは信じられない思いでラフを見つめた。ふたりとも、コートがすぐさま告白するとは思ってもいなかった。それどころか、ブリナはひそかに、自分たちがひどい思いちがいをしていたとわかることを願ってさえいたというのに。ラフがしわがれた声でたずねる。

「なぜだ、コート？」

「ぼくは心から彼女を愛していたのに、彼女はきみと別れようとしなかったからだ！」涙がコートの頬を伝う。「ベッドをともにするのはよくて、愛情もちょっぴりならくれたけれど、彼女はけっしてきみのもとを去ろうとしなかったからだ！」

ブリナは息をのんだ。

「わたし、一度もあなたとベッドへ行ったことなんかないわ！」

「きみとじゃない。ジョシーさ！」苦々しげに言う。「ジョシーが亡くなるまでの五年間、ぼくらは愛人同士だった。ぼくはラフと別れるように頼み、文字どおりひざまずいてまで懇願したのに、ジョシーは絶対に別れようとしなかった」

思いがけない真相にラフがどんなにショックを受けたか、ブリナにははっきりわかった。もちろんラフは、ジョシーに特定の相手がいるのは知っていたけれど、まさかコートだとは夢にも思わなかったはずだ！

「ジョシーがきみと別れても、ぼくにはジョシーのほしがっている子供を与えてやることができない。そしてジョシーは、きみがケイトとポールをけっして手放さないことを知っていた。ぼくは十年間待ち続けた。ぼくがジョシーを愛したように、きみが誰かを愛する日がくるのを。そして、ついにブリナが現れたのに、きみはあまりにも傲慢で、ブリナに本心を打ちあけなかった」

「そのことを利用して、きみはぼくを傷つけたんだな」

「それがぼくの狙いだった――きみに思い知らせてやりたかったんだ、ジョシーを愛しながら自分のものにできなかったぼくの気持を。不運にもブリナまで傷つけてしまったけれど、そんなつもりはまったくなかった。ぼくは本当にブリナが好きだもの。ブリナが流産しかけたとき、ここでやめなくてはとはっきり思った。まだ生まれてもいない子供を傷つけることなどぼくにはできない。どんな子供も絶対に傷つけたりできないとも!」

「するとヒリアは?」ラフが眉をひそめる。「どこでヒリアはこの件にかかわってくるんだ?」

「ぼくならヒリアは首にするな、ラフ……買収できちゃうやつだもの!」

「ぼくは兄弟のようにきみを愛していたんだぞ、コート」

ラフは悲痛なうめき声をあげる。

「ぼくだって同じようにきみを愛していたさ。でも、ジョシーを見たとたんに、ぼくは恋に落ちた。ぼくらがはじめてジョシーに会ったときのことを覚えているかい、ラフ? ぼくの両親が開いたパーティの席でだった。あんなに美しい女性に会ったのは、生まれてはじめてだった。でも、ジョシーはきみしか目に入らなかった」

「きみがそんなふうに感じていたなんて、夢にも思わなかったよ……」

「きみにわかるはずがないさ」コートは自嘲をこめて苦笑する。「女たちはいつだってきみを選ぶという事実は、きみにもどうしようもあるまい。ほかの女たちのときは別にどうということはなかった。ジョシーときみとの関係もお定まりのコースをたどると思ったから、ぼくはいずれジョシーを慰めることになる日を待つつもりでいた。ただ、そうなる前にジョシーが妊娠してしまい、ぼくはきみたちふたりの友人の役に甘んじるしかなくなってしまった。でも、結婚生活はうまくいかなかったな、ラフ。二年もたつと、きみたちはふたりとも、別の相手を探しはじめた。ぼくはジョシーにつきまとい、ついにジョシーもぼくをふりかえってくれた。でもぼくには、ジョシーがあれほどほしがっていた子供を与えることだけはできなかった！」

「もし、きみたちがぼくのところに来て、ケイトとポールを引きとりたいと相談してくれたら、たぶん……」

「なんだって？　きみはふたりを手放したとでも言うつもりか？」

ラフは震えるように息を吸い、かすれた声で言った。

「たぶん」

「きみは絶対に同意したはずがない……」

「したかもしれない。ぼくにとってはつらいことだが、ジョシーがどんなに子供を愛していたか知っていたし、きみも子供たちを愛していたのは知っていたからね」

コートは腹立たしげにラフをにらみつけた。

「いまになっても、きみはぼくを憎めないのか？」

「きみが本気で望んでいるなら、憎みもしようが」

「ぼくはもうすこしできみとブリナを引き離すところまでやったんだぞ。赤ちゃんまで殺しかねなかったんだ！」

「ああ。そして、どちらかでも成功していたら、たぶんぼくもきみが憎めただろう。でも、あまりにも長いあいだ兄弟みたいにきみを愛してきたものだから、可能性だけできみを憎んだりはできない」

そのときほどブリナはラフに愛を感じたことはなかった。ラフのそばに行って両手を握りしめた。ふたりともコートのせいで苦しんできたけれど、ラフのほうが自分よりはるかに苦しみは大きいと思う。ラフはたぶんこれから先も、これほど身近に感じた友人を失ったという心の痛みをもち続けるにちがいない。コートはのろのろと立ちあがった。

「ブリナを病院に見舞った日から、ぼくはずっと本社のニューヨーク移転の件にかかりきりだった。自分のしたことをきみに話してから発つつもりでいたんだが、移転がすみしだい、ぼくもアメリカに行く。これできみの気がすむだろうか？」

「きみは違法なことは何ひとつしていないし、たとえしたとしても、法に訴えたかどうか、ぼくにはわからないな」

コートは大きなため息をついた。

「それじゃ、お別れだ。二度と会うこともあるまい」申しわけなさそうにブリナを見つめる。「きみが流産しかかったなんて、本当にすまなかった」

「あなたが後悔してるのは、よくわかっています」

玄関のドアが閉まると、ラフは力なくブリナに寄りかかり、ブリナの腕のなかですすり泣いた。

「泣きわめくたびに抱きあげるのをやめないと、その子はすっかりだめになってしまうわ！」

ブリナは小言を言いながら子供部屋に歩み入る。小さな赤ちゃんを抱きしめたラフが、すまなさそうにふりかえった。

「喉がつまったんじゃないかと思ってね」

ブリナはラフから赤ちゃんを取りあげ、ベビーベッドに寝かすと、怒って大声で泣き続ける赤ちゃんを無視して、ラフを部屋から引っ張りだした。

「訂正するわ。あの子はもう甘ったれになってしまったみたい！」

ジェイムズ・ラファティ・ギャラハは――ブリナが最初に考えたふたつの名前は、ラフが一家にふたりもラファティがいると困ると言うので順序が逆になったのだが――まもなく生後七週間になる。しかしブリナが五週間前に家に連れて帰ったその日から、この館の主だと心得ているらしい。カールした豊かな黒髪と紫色の瞳で、ひと目でひとをとりこにするのだから！

「泣いてるぞ……」

「おしめを替えてもらい、ミルクを飲んで、抱いてもらったんだもの、こんどは眠る番よ。

ただ、あの子はそう思っていないってだけ」抗議を続けようとするラフに、ブリナはきっぱりと言い渡す。「正直に言うとね、あなたがときどき会社に顔を出すだけですむくらいあなたの新しいアシスタントが優秀でなければよかったのにと思うほどよ」

けれどもブリナがそんなことを少しも望んでいないのを、ふたりともちゃんと知っていた。ふたりはほとんどいつもいっしょで、いっしょにいるのが好きだったから。ラフの新しいアシスタントはじつに有能だし、ブリナの妊娠の後半から彼女の仕事を引き継いだアリソンも順調に代理店を経営している。

「あなたとケイトとポールが相手ですもの、わたし、めったにジェイムズを抱けやしないじゃないの」

不平を鳴らしながらも、ブリナは赤ちゃんが家族のみんなに受け入れられたことを、心から喜んでいた。ケイトもポールもしょっちゅうジェイムズに会いに来るし、たまに夫婦で夜の外出をするときには、どちらが子守りをするかで言い争うほどだった。

ケイトは夏のあいだに別のクラスメートと共同でアパートメントを借りることになって引っ越していったが、さいわい今度はうまくいっているらしい。〝おじさん〟のアメリカ移住には、ケイトもポールもうろたえた。ラフもよくコートのことを考えているのはわかっていたけれど、ラフの集めた情報によれば、コートはアメリカで活躍してるらしい。

「ぼくにけんかをふっかける種なんか探してないで、今朝ドクターがなんと言ったか聞かせてくれよ」

「あなたの息子が眠ったらお話しするわ」

ブリナは出産後の検査のためにドクターを訪ねてきたところだった。この二カ月、ラフが気のないそぶりをしていたのも、いまの熱心な口ぶりからブリナにむりじいしたくなかっただけだとわかる。ラフは子供部屋のほうに耳をすまし、勝ち誇った表情になった。

「ジェイムズが甘ったれだなんて誰が言った？」

ブリナは小さく笑うと、ラフの腕に飛びこんだ。

「ベッドに戻すように言ったのは誰かしら？」

「きみの狙いはこれだったんだな。ああ、ブリナ、寂しかった。どんなにきみとひとつになりたかったか！」

「あなたとわたしはいつも一体よ」ブリナはいとしげにラフを見あげる。「愛してるわ」

「ぼくも愛してるよ！」

いまではふたりともおたがいの気持を口に出しあっていた。愛しあったあとだけでなく、その前にもその途中にも。そして、これから先も、いつもこんなふうだろう。

●本書は、1988年7月に小社より刊行された作品を文庫化したものです。

花開くとき
2024年3月15日発行　第1刷

著　　者／キャロル・モーティマー
訳　　者／安引まゆみ（あびき　まゆみ）
発 行 人／鈴木幸辰
発 行 所／株式会社ハーパーコリンズ・ジャパン
東京都千代田区大手町1-5-1
電話／04-2951-2000（注文）
0570-008091（読者サービス係）

印刷・製本／中央精版印刷株式会社
表紙写真／© Miramisska | Dreamstime.com

ISBN978-4-596-53807-9

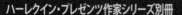

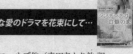